NOËLS

PROVENÇAUX ET FRANÇAIS,

ou

CANTIQUES

SUR LA NAISSANCE DU SAUVEUR.

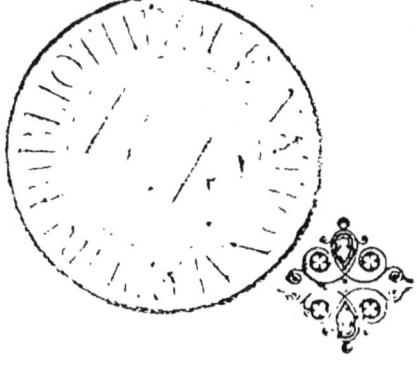

CARPENTRAS.

Dominique ODDOU, Libraire,

Passage-Boyer.

1850

PREMIER NOEL.

Dialogue d'un Ange et d'un Berger.

L'ANGE.

Ça , levez-vous , charmant Pastoureau ,
Sortez de ce lieu champêtre,
Courez , venez dans ce hameau
Voir le Dieu qui vient de naître ,
Sur le foin , entre deux animaux ,
Où sa bonté l'a fait naître.

LOU BERGIÉ.

Bessaï mé prénès per un manan ,
Dé mé téni taou lengagé ;
Sicou paouré, maï sicou bon enfan
Et na d'un bon parentagé :
Aoutroufés moun reiré seigné gran
Fugué Consé dou villagé.

L'ANGE.

Berger, laissez là votre parenté ,
Adorez , dans ce mystère ,
Un Dieu suprême en majesté,
Et tout égal à son Père .
Revêtu de notre humanité,
Et né d'une Vierge mère.

LOU BERGIÉ.

Toujou mé prenés per un manan ;
Disé mé quou sias , beou siré,
Si sias Hébreu ou Alléman.
Que vosté jargoun faï riré !
Parla prouvençaou ou franchiman ,
Et coumprendren vosté diré.

L'Ange.

Je suis l'envoyé du Tout-Puissant,
Venu du ciel empirée,
Pour vous porter expressément
La nouvelle désirée.
Le Messie est né tant seulement
Dans cette basse contrée.

Lou Bergié.

Yeou entendé un paou vosté prépaou,
Maï coumprené pas l'affaïré,
Qu'un Dieou sé siégué fa mourtaou
Et na d'unou Viergé maïré !
Fés mé l'amitié d'expliqua un paou
Coum'aco s'ei pouscu faïré.

L'Ange.

L'opération du Saint-Esprit
A formé ce grand ouvrage :
Cet Enfant est tout accompli,
Tout beau, tout-à-fait aimable ;
C'est lui qu'Isaïe avait prédit.
Allons donc lui rendre hommage.

Lou Bergié.

Toutarou li voou, s'aco eis ansin,
En jouguen dé ma musettou.
Ben vaï qu'aï ma camié dé lin
Et moun habit dé sargettou.
Un barraou dé la, l'aoutré dé vin :
Tiraren à la payettou.

L'Ange.

A Bethléem, proche de ce lieu,
Vous verrez le Roi des Anges ;
Vous le trouverez au milieu
D'une crèche, dans des langes.
La pauvreté de cet Homme-Dieu
Mérite bien vos louanges.

Lou Bergié.

D'abord qué l'y sarai arriba,
Saludarai l'Accouchadou.
Mai si dé ren sieou destourba,
Gagnarai ben ma journadou :
Si lou Picho podé desroouba,
Sé parlara dé l'ooubadou.

L'Ange.

Ah ! vous êtes trop ambitieux.
Vous parlez en téméraire ;
Seriez-vous si peu gracieux
De l'enlever à sa mère ?
Voler un trésor si précieux !
Comment pourriez-vous le faire ?

Lou Bergié.

M'anarieou escoundré à n'un cantoun,
Am'un panié dé cooudettou.
N'en farieou linguettou ou Poupoun,
Me dounarié sa manettou ;
Si l'attrapavé un co, sen façoun
Lou mettrieou din ma jaquettou.

L'Ange.

Puissiez-vous avoir, charmant berger,
Ce que votre cœur désire !
Allez, allez, d'un pas léger
Voir Dieu pour qui tout respire.
Allez, ne craignez aucun danger :
Adieu donc, je me retire.

Lou Bergié.

Despachen-nous leou, jouvénanceou.
Aven dé camin à faïré ;
Mai si voulen vestré pu leou,
Prenen l'asé dé moun païre ;
Nous ménara jusqu'à l'ameou,
Ei despacharen terraïré.

II. NOEL.

Pour chanter au Magnificat.

Sur l'air : *Paourei Bergié.*

Veici unou bonou nouvellou ,
    Paourei bergié ;
Veici la pax universellou ,
    Plus dé dangié :
Entouna doun doou proumier toun :
Magnificat per l'Enfantoun.

Bessaï qué per vostou routinou ,
    Din vostei geas ,
Lou *Magnificat* à Matinou
    Se cantou pas :
Per la joie dei gai pastoureou
Et exultavit lou pu beou.

Dieou a regarda dé Mariou
    L'humilita ,
Et tout l'univers nous publiou
    Sa pureta ;
Paourei bergié, n'en douté ren ,
Quia respexit lou dit ben.

Lou Seignour fai dé grandei caousou,
    Ei tou-puissan ;
Sa bounta jamai noun sé paonsou,
    Soun noum ei gran :
Entounas aqueou beou récit ,
Tout d'unou voix , *Quia fecit.*

Sa misericordou infinidou
    Nous saouvou tons ,
Es vengu per douna la vidou
    Ei peccadous ;
Canta ben et canta ben jus :
Misericordia ejus.

Lou superbé fasié la guerrou
　　Controu soun Dieou ;
Dieou, per l'abattré sur la terrou.
　　Mandou soun Fieou :
Louen doun, toutei tan qué sian,
Soun bras, *Fecit potentiam.*

Lei gros riché que fan temperi
　　Soun desoula .
Et lei paourei din sei miseri
　　Soun counsoula ;
Deposuit lou dit tout né ,
Ei Mariou que lou canté.

Lei poutenta qué s'élévavoun
　　Soun abeissa ,
Leis humblé qué s'humiliavoun
　　Soun éléva.
Qué lou sant Enfant sié bénit.
Esurientes implevit.

Arou ménen réjouissençou.
　　Bergiés huroux ;
Lou ciel a pré nostou défensou
　　Contre lei loups ;
Per nous un Dieou s'ei fa mortel,
Per nous *Suscepit Israel.*

Lou bon Abraham, nosté païré ,
　　Avié proumés
Qu'un Dieou enfan sé devié faïré
　　Dins aqués més ;
Et jus sé manquou pas d'un zest :
Ei na *Sicut locutus est.*

Entouna la gloirou infinidou
　　Oou Païré . oou Fieou.
A l'Esprit qu'a donna la vidou
　　A l'Enfan Dieou :
Lou *Gloria* li vendra ben .
Canta lou doun touteis ensen.

Oou sant Enfant toutou la gloirou
Renden toujour,
Touteis leis ans fasen mémoirou .
D'aqués beou jour :
Qu'aco sié tout délibéra ;
Finissen per *Sicut erat.*

III. NOEL.

Sur l'air des Bohémiens.

N'aoutrei sian trés Booumian
Qué dounan la bonou fortunou,
N'aoutrei sian trés Booumian
Qu'arrapan pertout vounté sian :
Enfan eimablé et tan doux.
Boutou , boutou aqui la croux .
Et chacun té dira
Tout cé qué t'arribara :
Coumençou , Janan , cepandan,
Dé li veïré la man.

Tu siés , à cé qué veou ,
Egaou à Dicou ,
Et siés soun Fieou tout adourablé ;
Tu siés, à cé qué veou,
Egaou à Dieou .
Nascu per ycou din lou néan :
L'amour t'a fach enfan
Per tout lou genré human ;
Unou Viergé ei ta Maïré ,
Siés na sensou gis dé Païré ;
L'amour t'a fach enfan , etc.

Lia encarou un gran sécret
Qué Janan n'a pas vougu diré ;
Lia encarou un grand sécret
Qué fara ben leou soun effet.
Vené , vené , beou Messiou .
Mettou , mettou eici

La peçou blanquou,
Per nous faïré réjoui,
Janan parlara, beou meina,
Boutou aqui per dina.

Soutou tan dé moyen
Lia quaouquarren,
Per nosté ben, dé for sinistré;
Soutou tan dé mouyen
Lia quaouquarren.
Per nosté ben, dé rigouroux.
Sé li vei unou croux,
Qu'ei lou salut dé tous ;
Et, si té l'aousé diré.
Lou sujet dé toun martyré
Ei qué siés ben amouroux.
Sé li vei unou croux, etc.

Lia encare quaouquarren
Oou bou dé ta lignou vitalou.
Lia encare quaouquarren
Qué té voou diré, Magassen.
Vené, vené, beou German,
Dounou, dounou cici ta man.
Et té dévinaran
Quaouquarren dé ben charman ;
Maï vengué d'argen, ooutan ben
Sensou, noun sé faï ren.

Tu siés Dieou et mourtaou,
Et coumé taou
Vicouras ben paou dessu la terrou ;
Tu siés Dieou et mourtaou,
Et coumé taou
Saras ben paou din nosté éta ;
Maï ta divinita
Ei su l'éternita ;
Siés l'ooutour dé la vidou ;
Toun essençou eis infinidou ;
N'as ren qué sié limita ;
Maï ta divinita, etc.

Vos-tu pas qué diguen
Quaouquarren à ta santou Maïré?
Vos-tu pas qué li fen
Per lou men nosté coumplimen?
Bellou Damou, rené ciça.
N'aoutrei couneissen déjà
Qué din ta bellou man
Lia un mysteri ben gran ;
Tu qué siés pouli, digou li
Quaouquarren dé jouli.

Tu siés d'oou sang rouyaou,
   Et toun houstaou
Ei dei plu haou d'aquesté moudé :
Tu siés doou sang rouyaou,
   Et toun houstaou
Ei dei plu haou, à cé què veou.
Toun Seignour ei toun Ficou,
Et toun Païré lou mieou ;
Qué podés-tu mai estré
Qué la Fiou dé moun Mestré
Et la Maïré dé moun Dieu?
Toun Seignour ei toun Ficou, etc.

Et tu, bon Seigné gran,
Qué siés oou cantoun dé la crupi,
Et tu, bon Seigné gran,
Vos-tu pas qué véguen ta man?
Diguou, tu crégués bessaï
Qué n'en roouben aquel ay
Qu'eis aqui destaca ;
Rooubarian pu leou lou ca.
Mettou aqui dessu, beou Moussu,
N'aven pas encarou bégu.

Yeou vésé din ta man
   Qué siés ben gran,
Qué siés ben san, qué siés ben justé ;
Yeou vésé din ta man
   Qué siés ben gran,
Qué siés ben san et ben ama.

Ay ! divin Marida .
As toujour counserva
Unou santou abstinençou ;
Tu gardés la Prouvidençou.
N'en siés tu pas ben garda ?
Ay, divin Marida , etc.

N'aoutrei couneissen ben
Qué siés vengu dédin lou moundé .
Naoutrei conneissen ben
Qué siés vengu sen gis d'argen :
Bel Enfan , n'en parlen plus ,
Quan tu siés vengu tout nus ,
Crégnés , à cé qué vian ,
Lou rescontré dei Boumian ;
Qué crégnés, beou Fieou? tu siés Dieou,
Escouta , nosté Dieou.

Si trop dé liberta
    Nous a pourta
A dévina toun aventurou ,
Si trop dé liberta
    Nous a pourta
A té parla trop libramen ;
Té prégan humblamen
Dé fairé égalamen
Nostou bonou fortunou ,
Et qué nous en dounés unou
Qué durou éternellamen.
Té prégan humblamen, etc.

IV. NOEL.

Sur un air du temps.

Voici le Roi des Nations ,
Natus ex sacrâ Virgine ,
Ce Fils de bénédiction ,
Ortus de David semine.

Voici l'Etoile de Jacob ,
Quam prædixerat Balaam ,
Ce Dieu qui détruit Jéricho ,
In clará terrâ Chanaam.

Il descend du haut des cieux,
Hunc adoremus Dominum ;
Il vient naître dans ces bas lieux,
Inter bovem et asinum ;
Ce Verbe du Père éternel,
Exsolvit quæ non rapuit ,
Pour sauver l'homme criminel ,
Matris alvum non horruit.

Bethléem , la sainte cité ,
Christi cunabulis clara ,
Nous a donné la sainteté.
Majori filio Sara ,
Cet Enfant né dans la loi,
Supra sanctum montem Sinaï ;
Quoiqu'abaissé, c'est un grand roi.
Et nomen ejus Adonaï.

C'est le Fils d'un Dieu tout-puissant,
Alias formidabilis ,
Il paraît aujourd'hui naissant .
Puer pauper et humilis .
Pour délivrer le genre humain
Ex ore sævi dæmonis ;
Ainsi naît notre souverain .
Propter salutem hominis.

Adorons donc ce Saint des Saints,
Quia in terris visus est ,
Allons tous lui baiser les mains,
Pro omnibus nunc natus est ;
Ainsi cet adorable Enfant ,
Vocatus Sanctus Israel,
Vient pour tous répandre son sang,
Sicut prædixit Daniel.

Bergers , accourez promptement,
In hoc diruptum stabulum,

Et saluez très-promptement
Æterni Patris Filium ;
Il nous a procuré la paix ,
Jam nunc incluens Tartara :
Chantons sans cesse ses bienfaits.
In tympano et cytharâ.

O Mère aimable du Sauveur,
Conceptâ sine maculâ ;
Priez pour nous le Créateur,
Ut nostra solvat vincula ;
Et nous chanterons désormais
Dei nostri magnalia ,
Qu'à Dieu gloire soit à jamais,
In seculorum secula.   *Amen.*

V. NOEL.

Cantique des Anges adressé aux Bergers.

Sur l'air : *Partant pour la Syrie.*

Gloire au Seigneur suprême.
Gloire à son divin Fils ;
Qu'une allégresse extrême
Saisisse vos esprits ;
Le Maître du tonnerre ,
Le Dieu fort et puissant ,
Descendu sur la terre ,
Devient un tendre Enfant.

O vous, dont l'âme pure
Cherche la vérité ,
Vous, cœurs pleins de droiture,
Eprouvez sa bonté ;
La paix et la clémence
Ont su le désarmer :
Il n'a plus de puissance
Que pour se faire aimer.

Il prétend de vos peines
Adoucir la rigueur ;

Des misères humaines
Partager la douleur.
Loin de vous le murmure
Et les reproches vains :
Puisqu'un Dieu les endure,
Tous vos maux sont divins.

De la voûte azurée
Voyant Dieu parmi vous,
Même dans l'Empirée
On peut être jaloux ;
La terre, de son Maître
Jadis vil escabeau,
Devient du premier Etre
Le trône le plus beau.

Quelle est votre noblesse
Et votre dignité ?
Le Tout-Puissant s'abaisse
Jusqu'à l'humanité ;
L'auteur de la nature
Le Fils de l'Eternel,
Comme sa créature,
Veut bien être mortel.

De notre premier père
Si l'infidélité
Excitait la colère
Du Dieu de sainteté,
Par le Sauveur ce crime
Dans l'homme est effacé ;
Dieu se fait la victime,
Quoiqu'il soit l'offensé.

VI. NOEL.

Sur l'air : *De Bourgogne*, etc.

Turou lurou lurou lou gaou cantou ,
Et n'ei pas encarou jour ;
Yeou m'en voou en Terrou santou
Per veiré nosté Seignour.

Vos-tu véni ?
Nani, nani.
Vendras proun ben.
N'en farai ren.
   Guillaoumé, Guillaoumé,
Ooumen si yeou noun rétourné plus, fai mé diré
     Hélas ! moun Dieou,   [unei sessaoumé.
   Qué farai yeou ?
Sieou poouroux coum'un poulet
   Quan sieou soulet.   *bis.*

   Turou lurou luron l'aourou ménou,
Et mé fay bouffa lei dé ;
Certou, yeou sieou ben en péne,
Ai poou dé mouri dé fré.
     Hoou de l'houstaou !
     Quu piquou avaou?
     Voudrieou lougea.
     Sian tous coucha.
   Grangièrou, grangièrou,
Oouvré-mé, sieou tout geala, bouta mé din la
     Hélas ! moun Dieou,   [fénièrou.
   ' Qué farai yeou?
Lou paouré, vounté tirarai :
     Béleou mourrai.   *bis.*

   Turou lurou lurou lei ribièrou
An déjà tout inounda ;
Vésé plus ren lei broutièrou,
Béleou mé foudra néda.
     Quaouqué barqué ?
     N'ya pas dé qué.
     Voun passarai ?
     Certou, noun sai.
   Soouvairé, Soouvairé,
Tu n'as gis dé carita, n'ei pas ansin qué foou fairé.
     Hélas ! moun Dieou,
     Qué farai yeou,
Lou paouré? vounté passarai?
     Mé négarai.   *bis.*

Turou lurou lurou per fourtunou
Sicou sourti d'un meichan pas ;
La podé counta per unou ,
Enfin ai trouva lou geas.
    Bonjour à tous.
    Amai à vous.
    Et que fasés ?
    Vou lou vesés.
    Mariou , Mariou ,
Vous estrugué d'un beou Fils , lou véritablé
    Bon san Joousé ,   [Messiou.
    Sé mé crésè,
Mé faré veiré aquel Enfan
    Qu'yeou amé tan.

VII. NOEL.

Sur l'air : *Don, don, la, la.*

Dédin nosté terrairé
Ven d'arriba trés Rei ;
Sai pas qué vénoun fairé ,
Mai pamen mé parei
Qué vénoun visita
Lou Fils na dé Mariou.
N'ya un qu'ei tout grisoun, doun, doun.
Qu'a d'abor démanda , la , la ,
Voun logeou lou Messiou.

L'y a lou Rei d'Arabiou
Et lou Rei dé Saba ;
Aqueou d'Ethiopiou,
Qué quan eis arriba ,
Proun dé gen n'avien poou ,
Car a un lai caragé ;
Un quintaou dé saboun , doun , doun,
Ségur bastarié pas, la, la ,
Per blanchi soun visagé.

Leis enfan doou villagé ,

D'abor qué lou vésien ,
Sé crubien lou visagé
Et vité s'enfugien.
Crésien naïvamen
Qué fuessé lou mangeairé ;
Aquéleis enfantoun , doun, doun ,
Courrien tous alarma , la , la ,
Vité embrassa sei mairé.

Aquélei trés gran Magé,
Per un instinct divin ,
Sen saoupré ni lengagé ,
Ni païs , ni camin ,
Controu lou sentimen
De toutei sei ministré.
Dins aquestou sésoun , doun, doun ,
An vougu s'embarqua . la , la ,
Sen creindré un sort sinistré,

Disoun qu'un fort bel astré
Leis a toujour guida ;
Ben proun dé nostei pastré,
Encaou l'ai demanda ,
M'an dit qu'ellei l'an vis ,
Qué n'ei pas bagatellou ,
Qué sen coumparésoun , doun , doun,
Surpassave en beouta . la , la ,
La lunou et leis estellou,

D'abor aquélei Magé
An vougu s'en ana,
Per rendré seis hooumagé
A l'Enfan nouveou-na ;
Ben qué l'agoun trouva
Coucha dessu la durou,
Sensou gis dé façoun , doun , doun,
L'an tous trés adoura , la, la ,
Dins aquélou pousturou.

Piei , en récouneissençou,
L'y an douna per présen ,
Amé gran révérençou ,

D'or, dé myrrou, d'encen ;
Et chacun, à soun tour,
An saluda la Mairé,
Embrassa soun Garçoun, doun, doun,
Piei sé soun rétira, la, la,
Humblamen à n'un cairé.

VIII. NOEL.

Pour la nuit de Noël.

O nuit, toute de charmes,
Tu viens commencer mon bonheur,
Tu viens tarir mes larmes,
Me donnant un Sauveur.
Qu'il est aimable cet Enfant !
Que son amour pour nous est grand !
Que son pauvre état est charmant !
J'en suis hors de moi-même,
Et je m'écrie en l'adorant :
Jésus, qui ne vous aime
N'a point de sentiment.

Venez, troupe angélique,
Venez, volez, accourez tous,
Joignez votre musique
A nos chants les plus doux ;
Dès que Jésus est en ces lieux,
La terre est autant que les cieux,
Les hommes sont changés en dieux.
Le Dieu de la nature
Parmi nous veut bien demeurer :
Que toute créature
Vienne ici l'adorer.

Homme, quelle est ta gloire !
Le Très-Haut descend jusqu'à toi !
Qui jamais eût pu croire
Ce que fait ce grand Roi !

Pour ton bien il vient s'appauvrir:
Pour ton bonheur, il vient souffrir:
Pour ta vie , il voudra mourir.
  Que la reconnaissance
T'amène , devant son berceau ,
  A adorer la puissance
  De cet Enfant nouveau.

  Esprit jaloux , colère ,
Plein de venin , pétri de fiel,
  Qui trompas notre père
  Pour nous ravir le ciel ;
En quoi nous a nui ta fureur?
Dieu pardonne à l'homme pécheur,
S'incarne et devient ton Sauveur ;
  Il n'est plus d'esclavage ,
Nos liens vont être brisés ;
  Tu nous as , par ta rage ,
  En vain tyrannisés.

  Pécheur, lève la tête,
Tu peux prétendre même au ciel :
  Il sera la conquête
  Des enfants d'Israël.
Y monter, c'est notre destin ,
Y voir Dieu , notre unique fin ;
  Y jouir de sa gloire ,
La récompense à nos vertus.
  O triomphe ! ô victoire !
  Nous l'avons par Jésus.

IX. NOEL.

Sur l'air : *Vaoutrei fillettou qu'avés dé galan.*

  Pastré , Pastressou ,
  Courés, venés tous ,   pécairé
  Vostou Mestressou
  A bésoun dé vous ,   pécairé

A la bourgadou ,
Près dé Béthélem ,　　　pécairé
S'eis accouchadou ·
Sus un poou dé fen,　　　pécairé

Dins un establé
Tout arrouina ,　　　pécairé
L'Enfan eimablé
Dé matin ci na ,　　　pécairé

Aqueou bel Angé,
Oou gros dé l'hiver,　　　pécairé
Faoutou dé langé ,
Ei tout descouver,　　　pécairé

La Viergé Mairé
Countemplou soun fruit ,　　　pécairé
Saou pas qué fairé ,
Quan lou vei tout nus,　　　pécairé

Lou pichou plourou ,
Vous farié piata ,　　　pécairé
Lia mai d'unou hourou
Qué n'a pas téta,　　　pécairé

Nostei pastressou
Boulégoun lei man ,　　　pécairé
Et fan caressou
A n'aquel Enfan,　　　pécairé

Cerquoun dé paillou
A l'entour doou lio ,　　　pécairé
Et dé buscaillou
Per fairé dé fio ,　　　pécairé

Unou lou mudou ,
L'aoutrou lou sousten ,　　　pécairé
Un poou d'ajudou
Fai toujou gran ben ,　　　pécairé

X. NOEL.

Dialogue d'un Ange et d'un Berger.

Sur l'air du Mirliton.

L'ANGE.

Est-il bien temps qu'on s'éveille ?
Çà, Bergers, suivez mes pas :
Quelle plus rare merveille !
Un Dieu vient naître ici-bas
    Sous les traits mignon
      D'un poupon
      Quand il veille ;
Dormez-vous, Damon ? don , don.

    Son palais est une étable ,
Son lit royal est du foin ;
Dans cet état misérable ,
Votre salut fait son soin.
    Quelle affection !
      Ce Poupon
      Adorable
Est votre rançon , don , don.

LOU BERGIÉ.

    Lei rançoun nous ei baboyou .
Sé fan qu'à forçou d'argen ;
N'ei plus lou ten qué souloyou ;
Arou sé fai ren per ren.
    Si vosté Poupoun
      N'a pas proun
      De mounoyou,
Adieou ma rançoun , doun , doun.

L'ANGE.

    Votre gloire est infinie,
Voici pour vous un grand jour ;
Secondez tous à l'envi
La grandeur de son amour.

Ce divin Poupon
Trouve bon
Que sa vie
Soit votre rançon , don , don.

Dans cet auguste mystère
La richesse est pauvreté ,
Et du sein de la misère
Naît votre félicité.

Lou Bergié.

Dé saoupré lou noum
Doou Poupoun
Et dé la Mèrou.
Nous importe proun, doun, doun.

L'Ange.

Marie en a l'avantage :
D'elle il naît homme et mortel ;
L'univers est son ouvrage,
Et son nom est l'Eternel.

Lou Bergié.

Gran Dicou ! qué résoun !
Aqueou noum
Nous engageou
A creiré qué noun, doun, doun.

L'Ange.

Il a fait d'une parole
Le ciel , la terre et les mers .
Ce qui nage, ce qui vole.
Et les animaux divers

Lou Bergié.

Coum'aqueou Poupoun
Tan pichoun
Fé la terrou .
Fé lou ciel ? Oh ! noun, doun. doun.

S'a fa lou ciel et la terrou ,
N'ei pas paouré , tout ei sieou ;
L'hiver qué li fai la guerrou ,
Ignorou-t'y qu'ei soun Dieu ?

Aven dé résoun
Amai proun ;
S'aco érou ,
Dé qu'oourié bésoun ? doun , doun.

L'Ange.

Sous les ombres de l'enfance
Se voile le Roi des cieux
De qui la magnificence
Brille partout à vos yeux.
De quel digne ton
Dira-t-on
Sa puissance .
Sa gloire et son nom ? don, don.

Dans cette voûte si claire
D'un feu toujours renaissant .
Sa main trace la carrière
Du soleil resplendissant.
Ce que nous voyons
De rayons
De lumière.
C'est un de ses dons , don, don.

Oh ! qu'ils sont beaux ses ouvrages !
C'est lui qui couvre vos monts
D'herbes pour les pâturages
Des brebis et des moutons.
Ces riants vallons
Si féconds .
Ces rivages
Eprouvent ses dons , don, don.

Lou Bergié.

Vount'èrou avant d'entréprendré
Tout cé qué disè dé gran ?
Qué fuessé ? fés-mé l'entendré ;
Vous·foou doun d'un merle blau.
Prouva paou ou proun .
Et Damoun
Vai sé rendré
A vostou résoun, doun, doun.

L'Ange.

Adorez ce Dieu suprême ;
Qui sait son immensité ?
Tout seul dans sa gloire extrême
Il fit sa félicité.
    Il se contemplait,
        Se plaisait
        En lui-même ;
Il se suffisait, s'aimait.

Lou Bergié.

Vous démanden am'instançou
Vount'ei lou Dieu dé bounta,
Qu'oou mesprès dé sa puissançou
A pré nostou humanita.
    Faou li fairé un doun,
        Digas doun,
        Par avançou,
Quaou ei dé sésoun, doun, doun.

L'Ange.

Bethléem est le village
Où vous verrez le Sauveur ;
Allez lui porter l'hommage
Que l'on doit à sa grandeur.
    Là ce cher Poupon,
        O Damon,
        Veut pour gage
Un cœur pur et bon, don, don.

Ce cher Enfant qui de langes
Paraît étroitement ceint,
Est le même dont les Anges
Chantent le Nom trois fois saint.
    Quittez vos chansons,
        Célébrons
        Ses louanges
Par de nobles sons, don, don.

XI. NOEL.

Le Martyre des saints Innocents.

Sur l'air : *Quand tu m'appelais ton cher cœur.*

Hélas ! quelle barbare main ,
    Chers enfants , vous opprime ?
Aux yeux d'un Roi trop inhumain
    Votre enfance est un crime,
Et devant l'Etre souverain
Vous donne un rang sublime.

Votre sang , du persécuteur
    Trompe la jalousie ;
Il croit perdu le Rédempteur
    Quand votre âme est ravie :
Trop heureux à votre Sauveur
    D'avoir sauvé la vie !

Ah ! ne regrettez point le jour
    Dont le tyran vous prive !
Dans le sein du plus pur amour,
    D'une joie excessive,
Il accélère le séjour
    De votre âme plaintive.

Vous êtes les premiers heureux
    Que son royaume acquière .
Les premiers martyrs à ses yeux
    Que son palais enserre ;
Quand il quitte pour vous les cieux.
    Pour lui quittez la terre.

Versez le premier sang chrétien :
    Votre gloire est la nôtre ;
Dans vous ce bonheur est un bien,
    Réservé pour nul autre ,
Avant qu'un Dieu verse le sien,
    De répandre le vôtre.

Vous êtes soustraits par la mort
    Aux maux, à l'esclavage ;
Vous n'avez jamais fait du sort
    Le triste apprentissage ;
Vous êtes arrivés au port,
    Sans faire aucun naufrage.

XII. NOEL.

Sur l'air : *De la badine ouvrez-moi la porte.*

Quittas la mounlagnou,
Bravei Pastoureou .
Mettez-vous en campagnou,
Courés . venés leou ;
Veirés la sagessou et la Divinita
Qu'a prés la faiblessou de l'humanita.
    Quittas, etc.

Veirè din l'establé
Lou Verbou incarna ;
Coum'un enfant eimablé
Soulamen ei na ;
Unou Viergé-Maïré ven dé l'enfanta,
Sans avé, pécairé, per l'emmaillouta.
    Veirè, etc.

Coum'un misérablé,
Sen gis dé sécours,
Aquel Enfan eimablé
Versou mille plours ;
N'a gis dé tempourou,
Fai qué tramblouta ;
Lou veirè qué plourou
Per vous racheta.
    Coum'un misérablé, etc.

N'ei pas din Versaillou,
Ni dins un palai .
Ei dessu la paillou,
Entré un bioou et un ay,

Coucha dessu la durou ,
Tout à descouver;
Lou veirè qu'endurou
Lou fré dé l'hiver.
   N'ei pas din Versaillou , etc.

   Soun paouré équipagé
Vous fara piata ;
Tardé pas davantagé,
Ana l'assista ;
Pastré , si sias sagé .
Fés cé qué vous dieou .
Anas rendré hooumagé
A un Enfan-Dieou.
   Soun paouré , etc.

   Car, puisqu'ei per vaoutrei
Qu'ei tan paouramen ,
Fasé coumé tan d'aoutré ,
Parté proumptamen ;
Si voulé pas creiré
Sa grand' paouréta ,
Dévès ana veiré
S'ei la vérita.
   Car puisquou , etc.

XIII. NOEL.

DES OISEAUX.

Air connu.

Dé bon matin per la campagnou .
Ai vi véni dé la moountagnou
Trés bon cassairé dé fila .
Ai courrigu per li parla :
M'an di qu'avien fa bonne cassou
Sen sé bouléga dé sei plaçou.
Qué n'anavoun fairé un présen
Oou Dieou qu'ei na din Béthélem.

D'entendré aquélei gen si sagé,
Ai vougu fairé aqueou vouyagé ;
Quan sian esta dins un hameou,
Jamai n'ai ren vi dé tan beou :
Un Enfan pouli coum'un angé
Erou muda dédin dé langé ,
Dins un establé plen dé traou :
Erou parmi dous animaou.

D'abord qu'aven vi l'Accouchadou,
L'y aven fa toutei l'accouladou ;
Pui , per diverti l'Enfantoun ,
L'y an oouffri forçou passéroun ;
Ensuite an douna la vouladou
A une bonou troupéladou ;
Jamai n'ai agu taou plési ,
Eré charma dé leis oousi.

Voulastrégeavoun din l'establé ;
Cé qu'èrou dé plus admirablé ,
Ei lorsqué sé soun arresta ,
Que chascun s'ei més à canta :
D'entendré aqueou pouli ramagé ,
Jamai s'ei vi taou badinagé ;
Ooufriguèroun un perrouquet
Qué jamai cessé lou caquet.

Oousia pui canta l'hiroundellou,
Lou canari , la tourtourellou ,
Lou verdun et lou sérésin ,
Lou quinsoun amé lou turin ;
La quouaroussou et la couquilladou
Charmèroun toutou l'assembladou ;
L'alouettou amé lou sérin
Gazoulièroun tout lou matin.

Qué diria-vous dé la machotou,
Qué disputavou à la lignotou
Quaou d'ellei doas plairié lou mai ?
Mai doou gros bé doou patagai, .
Agué tant dé co dé bécadou ,
Que l'avié toutou esmalugadou ;

Lou bon Joousé l'y ané d'abor,
Et lei metté toutei d'accor.

Végnéria véni la roussétou,
Qué cantavou toutou soulétou.
Entré lei man doou Fils dé Dieou
Tout d'un co véguéria lou crieou ;
Piei sautou dessu sei menotou
La bouscarlou amé la lignotou ;
La pétousou amé lou rigaou
Cantavoun qué vous fasien gaou.

Per cé qu'ei dé la cardalinou ,
Disié pas mot, fasié la finou.
Cé qué m'a lou mai estouna ,
Ei quan lou merlé a résouna.
Certou, yeou mé sieou més à riré,
Quan la margo s'ei més à diré :
Teisou-té doun , picho fripoun,
Leissou dourmi lou beou Poupoun.

A n'un cantoun vésia la cérou
Qué béquétavou un tro dé pérou.
Su lou bastoun doou Seigné gran
Sé ven répousa l'ourtoulan.
Lou bon viei l'y digué : couragé !
Canta , picho, per rendré hooumagé
A vosté eimablé Créatour ;
Canta doun ben dins aqués jour.

Tout à l'entour dé la muraillou,
N'entendia canta qué dé caillou ;
Jusqu'amoundaou su lou planchié,
Vésia forçou pigeoun ramié.
Mariou, aquélou bonou Mairé,
Rigué lorsqué véguè. pécairé ,
Qué dessu lei banou doou biooou
Sé répoousè dous roussignoou.

Lou coutélou amé la tridou
Voulien estré dé la partidou ;
Alors intré dédin lou geas
Un gros couquin dé tarnagas ;

Voulié fairé la tintamarrou,
Un pastré vai prendré une barrou,
Qué si descampessé pas leou,
L'oourié leissa su lou carreou.

Jamai s'ei vi caousou si bellou,
Dé veiré fairé sentinellou
A n'unou troupou d'estourneou
Qu'èroun rengea ver lou berceou ;
Semblavou qu'èrou un cor dé gardou,
Lorsqué lou geai amé l'estardou
L'y fasien signé amé lou bé
Qué foulié avé un gran respé.

L'y avié un courbeou dessu la portou
Qu'avié la voix talamen fortou,
Qué quan sounavou leis oousseou,
Sé rendien touteis oou rampeou.
La calandrou s'esgoousiavou
Dé la grand' forçou qué cridavou ;
Quan tout aco sé l'y trouvé,
Semblavou l'archou dé Noué.

Dins aqueou lio fasié bon estré,
Semblavou un Paradis terrestré :
Vésia lou Dieou dé majesta
Dins unou grandou humilita.
Préguérian pui sa bonou Mairé
D'avé souin dei paourei cassairé,
Et dé préga soun très-cher Fils
Dé nous douna lou Paradis.

XIV. NOEL.

DES ANIMAUX.

Sur l'air des Oiseaux.

Bergié qu'habita din lei planou,
Abandouna vostei cabanou,
Ana vous-en din Béthélem,
Veirés un Dieou dessu lou fen.

Invita vosté vésinagé
Per ana fairé aqueou vouyagé ;
Attroupa-vous touteis ensen ,
Et pourta-li dé beou présen.

Lou Dieu qué coumandou oou tounerron
Descen doou ciel dessu la terrou ,
Ven ooujourd'heui sé fairé enfan,
Souffri la caou, la fré , la fan ;
Voou naissé d'unou Viergé-Mairé,
Per lei péca dé nostei pairé ,
Dins un establé descouver,
Oou plus fort d'aqués rudé hiver.

Dédin leis airs aousoun leis Angé
Qué vénoun canta lei louangé,
Et tout cé qu'eis oou firmamen
Révèrou soun abeissamen.
Anieu toutei lei créaturou
Lououn l'Ooutour dé la naturou ,
Lou ciel , la terrou et l'océan,
Qué leis a tira doou néan.

David, dins un dé sei cantiquou ,
Dit per un esprit prouphétiquou :
Qué lou Dieou qu'habitou amoundaou
Sara béni deis animaou ;
Qué quan soun Fils prendra neissençou
L'y ooura qué dé réjouissençou ;
Veiran leis agneou sooutilla ,
Et lei cabri cabrioula.

A la vengude doou Messiou,
Légissen din lei prouphessiou,
Quan la Viergé l'enfantara,
Alors tout sé réjouira ;
Lei loup faran plus maou ei fédou .
Saran ségurou din sei clédou ;
L'y ooura la pax et l'unioun
Parmi lon tigré et lou lioun.

Anieu leis animaou soouvagé
Soun ana rendré seis hooumagé

A soun eimablé Créatour,
Et l'y soun ana tour à tour :
La pantèrou amé la licornou
Vénoun dé quitta sei cabornou ;
Lou sanglié suivié lou reinard,
Et lou griffoun lou léopard.

L'éléphan et lou droumadèrou
Eroun toutei doux à l'espèrou ,
Attendien l'ours et lou tourreou .
Lou bouc , l'élan et lou cameou ;
L'hérissoun counduisié l'herminou;
Sé placèroun ver la Jassinou ;
La mouninou ver l'Enfantoun
Espésouliavoun soun guénoun.

La bichou s'en vengué soulettou,
Intré dédin la cabanettou ,
Vengué piei lou cerf et lou fan
Sé présenta davan l'Enfan ;
Lou bioou et l'asé, per micou estré.
Escooufavoun soun paouré Mestré;
I ou poulin fagué millou saou
Quan fugué ver lou cabanaou.

L'y avié un pastras de la campagnou
Qu'avié un froumagé dé mountagnou :
Ei pé dé l'Enfan l'oouffriguè ;
Lou reinard d'abord li prenguè ;
Aqueou pastras prengué lou ragé ;
Joousé li dit d'un air fort sagé :
Vous fachè pas , nosté vésin ,
Faou qué tout visqué eici dédin.

Véguéria véni la civettou,
Lou teissoun amé la bélettou ;
La gazellou amé l'escurioou
Fasien qué courré per lou soou.
Per veiré soun Dieou su la durou,
Dins aquélou paourou mazurou,
Chacun sourtigué dé sei traou,-
Martré, furet, lapin, lébraou.

Joousé sé téniè su la portou.
Quan n'en vengué dé toutou sortou:
Lou lézar et lou basilic ,
Lou caméléoun et l'aspic ;
Lou dragoun et lou crocodilou
Venguèroun piei touteis en filou ,
Anèroun toutei dé bon cor
Ver l'Enfantoun fairé l'accor.

Alors Marïou , din l'establé ,
Vai veiré un serpen esfrouyablé ,
L'y dïgué : vilen animaou ,
Toun espèçou mé fai pas gaou ;
Vai-t'en. où t'escrasé la testou ,
Vengués pa eici mettré la pestou,
Ressemblés aqueou viei Satan,
Qu'attrapè nosté pairé Adam.

Dé lei veiré touteis en marchou,
Semblou qu'érian doou ten de l'archou.
Quan lou rinocéros venguè ,
Tout lou restou alors parégué ;
Lei véguérias en troupéladou ,
Per sé rendré ver l'Accouchadou :
Dins aqueou lio lou bon Joousè
Fasié l'oouficé dé Noué.

Dounen à Dieou toutou la gloirou,
Célébren toutei la mémoirou
Doou puissan Fils dé l'Eternel,
Dins aqueou jour tan soulannel ;
Qué tout lou moundé lou bénissé ,
Afin qué nous fugué proupicé ,
Et qué lou pousquen veiré tous
Din lou séjour dei benhuroux.

XV. NOEL.

Sur un air fait exprès.

Réveillou-té , Nanan ,
Anué sé fai grand festo ,
N'aousés pas lei chrestian
Qué jogoun dé soun resto ?
N'y a qué réjouissenço ,
Vai souna Mourdacaï ,
Célèbroun la neissenço
Doou Fils dé l'Adounaï.

RÉPONSES.

é qué vo ?

é pui qué vo ?
leisso li fairé.
malouvali agués tu.
ah ! siés foou , n'as qué
fouliés en testo.

Yeou crésé qu'es vengu ,
Car sian trop misérable ;
Disoun qu'es prességu ,
Es na dins un establé.
Din nostou jutariou
N'en sian pas tro counten ,
Yeou voou diré oou Messio
Lou Salou alléren.

o , es vengu , espèro
lou ben.
a vai , matto ,
per ma fo , as bégu.
cu sara pas counten,
qué sé countenté.

ah ! siés foou, cu té gariré ?

Nostou lei ei , ma fo ,
Tan vieillo , qué brandusso ,
Semblo lou viei Jaco ,
Plus séco qué merlusso ;
Crésé qu'es tan marrido,
Qué n'aven qué d'Ani ,
A lei cambo pourrido,
Se poou plus sousténi.

a filo, manchaï.

s'ei séco , la boutaren
trempé.
crei mé , démoro
en répaou.
sé toumbo, sara oou soou.

Crei-mé , parten , Nanan ,
Per veiré nosté Scigné ;
Sé nous fasen chrestian ,
N'oouren plus ren à creigné.
Brisen lampo et violo,
Brulen nostei talmus ,
Et dé nostei cooudolo
Qué sé n'en parlé plus.

cu té ten , lou
pourtaou es oouver.
yeou mé farai
chrestian ?....
pian, pian, un paou
daïsé. Bardayan aimé !
qué n'en mancharai
ancoro.

Vené-t'en amé yeou ,   *yeou quittarai!*
Quitten la Sinagogou .   *espèrou lou ben.*
Veiré lou Fils dé Dieou ,   *oh ! lou veiras ,*
Lou veirian pas din jogou ;   *boulo lei lunetto.*
Es descendu su terrou *ah ! fai-mé veiré l'escalo*
Per naissé dins un geas ;   *qu'es descendu.*
Fara cessa la guerro ,   *cu té voudrié creiré,*
En nous dounen la pax.   *n'en farié dé belo.*

Eis aquel Enfantoun
Qué nous tiré d'Egypto ,   *païs dé cébo.*
Dei man dé Pharaoun
Et dé sei satellito ;   *marridei chen.*
Eou nous mandé la mano   *et dé cayo tan qué*
Per lou men quarante ans ,   *rouyan.*
Soutou nostei cabano   *aquiré avian touchou*
Jamai mourian dé fam.   *taoulo messo , et leis*
estranchi èroun ben rèçu.

Mounseignour. nous voici   *oh ! eicélenço !*
Pour voir votre eicélanço ,   *es un paou mai.*
Et pour vous rendré oóussi *noun, n'obéïren pas.*
Nosteis ooubéissanço; *lero lou çapeou, tiro méletto.*
Nous avons l'espérenço
Qué saren ben rèçu,   *et perqué sian dé sa raço?*
Et qu'oouré souvenenço   *avai, mato dé chen.*
Dé nos prédécessu. *coum'aco ooublido lei caousou!*

XVI. NOEL.

Dialogou entré san Joousé et l'Hosté.

SAN JOOUSÉ.

Hoou dé l'houstaou , mestré, mestressou,
Valet, chambrièrou , seya rés?
Ai déja piqua proun dé fés ,
Et rés noun ven, quuntou rudessou !

L'HOSTÉ.

Mé sicou déjà léva trés co,
S'eiço durou dourmirai gairé :

Qu piquou à bas ? qu'ei tout aco
Quaou sias ? qué voulés ? qué foou fairé ?

San Joousé.

Moun bon ami , préné la pénou
Dé descendré un paou eissavaou,
Voudrian lougea din vosté houstaou,
Yeou soulamen amé ma fémou.

L'Hosté.

Vaoutrei sia dé troublou répaou,
Sia d'aquélei battur d'astradou
Qué soungea ren qu'à fairé maou...
Adessia , ma portou ei sarradou.

San Joousé.

Nazareth ei nostou patriou,
Yeou sieou pas taou qué mé cresé:
Sieou fustié , m'appellé Joousé,
Ma fémou s'appellou Mariou.

L'Hosté.

Saya proun gen, volé plus rés ,
Dieou vous douné millour fourtunou !
Si mé crésès, démandarès
Vountei lou lougi dé la lunou.

San Joousé.

Rétira-nous , quei qué nous costé ,
Lougea-nous dins un galatas,
Vous pagaren nosté répas
Coumé s'érian en taoulé d'hosté.

L'Hosté.

Vosté soupa sara maou quieù ;
Crésé qué farè paourou chièrou ,
Car per ségur aquestou nieu
Vous lougearès à la carrièrou.

San Joousé.

Nous tratè pas d'aquélou sortou ,
Hélas ! vésè lou ten qué fai :

Oouvrè-nous ; s'ista gairé mai,
Nous trouvarè mort à la portou.

L'Hosté.

Vostou moulié mé fai piata
Et mé rend un paou plus affablé ;
Vous lougéarai, par carita.
Dins un picho marrit establé.

XVII. NOEL.

Sur l'air : *Peut-on douter, etc.*

Lou quitevié d'aqueou marrit establé
A san Joousé fé souléva lou cor ;
Erou tant salé et tan abouminablé,
Qué lou paouré hommé pensé toumba mort.

Lou desplési , lou tracas , la tristessou ,
La pudentour, la nué , lou marri tem ,
La fam, la sé, lou fré et la féblessou,
Fuguèroun caousou d'aquel acciden.

La tressusour mountè su soun visagé ,
Et chaqué peòu l'y fasié soun dégou ;
Sensou la Viergé oourié perdu couragé ,
Qué l'eissuguè amé soun moucadou,

Et l'y diguè : yeou qu'ai lou cor pu tendré ,
Résisté à tout et noun mé foou dé ren ;
Qué vous fuguè lou proumier à sé rendré !
Certou , Joousé , qué n'en diran lei gen ?

Tout aussitôt Joousé prengué halénou ,
Se rémettè et parlè qualécan ;
Un paou après , sen doulour et sen pénou ,
Ellou accouché d'un fort poulit Enfan.

XVIII. NOEL.

Sur l'air : *A peine au sortir de l'enfance.*

Celui dont la toute-puissance
Tira l'univers du néant ,
Et qui pourrait , dans sa vengeance ,
L'y replonger en un instant ,
Selon cette antique promesse
Inscrite aux livres éternels ,
Est né dans ce jour d'allégresse
Pour régénérer les mortels.

Ce n'est point des grands de la terre,
Ces palais si majestueux ,
Qui voient, du Maître du tonnerre,
Naître le Fils miraculeux :
Dédaignant leur pompe futile,
Et fort de sa divinité,
Il voulut choisir un asile
Dans le sein de l'obscurité.

C'est sous le chaume d'une étable,
Auprès d'animaux innocents ,
Et dans la saison redoutable
Où les frimats couvrent nos champs.
Que Dieu , d'une Vierge modeste,
Objet de respect et d'amour,
Sous les traits d'un Enfant céleste,
Reçoit la lumière du jour.

Il naît : des Anges les cohortes
Des airs se frayent le chemin ,
Ils vont l'annoncer jusqu'aux portes
D'où partent les feux du matin.
La terre étonnée et ravie
Bénit ce jour trois fois heureux ,
Et de l'Enfer la race impie
Frémit au séjour ténébreux.

Bientôt les Pasteurs et les Mages
Quittent leur pays fortuné ,
Pour venir rendre leurs hommages
Au Sauveur nouvellement né ;
Les Rois orgueilleux, les Rois même,
Oubliant leur suprême rang ,
Viennent poser leur diadême
Aux pieds de ce divin Enfant.

O Joseph ! ô Vierge immortelle !
Que votre sort est glorieux !
C'est sous votre garde fidèle
Qu'est mis le Souverain des cieux.
C'est ainsi que Dieu vous impose
Les plus augustes fonctions ,
Et que sous votre aile repose
L'espérance des nations.

XIX. NOEL.

Sur l'air : *Plaisirs inouis.*

Un Angé a crida
Per tout lou terrairé
Qué Dieou érou na ,
Érou na , pécairé ,
Dins un endré descouver,
Oou mitan d'un gros hiver.

Mé sieou réveilla
D'oousi la nouvellou ,
Ai un paou fréta
Mei paourei parpellou ;
Tout l'univers fasié gaou.
Enjusquou leis animaou.

Moun gaou a canta,
Et l'asé bramavou,
Lou biou a musa,
Nosté chin japavou ;

Tout aco s'ei réjoui
Oou gran ¡bru qué n'en oousi.

Lei picho oousseou
Fasien soun ramagé,
Disien d'air nouveou
Dédin sei bouscagé;
Tout aco fasié : pieou! pieou!
A l'hounour doou Fils dé Dieou.

Aousé dé pertout
Qué chants, qu'allégressou,
Sian tout-à-fait oou bout
Dé nostou tristessou;
Lei clochou fan carrilloun,
La joa ei per tout cantoun.

Poousen cachafio,
Puisqu'ei tan grand festou,
Mangearen d'aco,
Amai pui doou restou;
Anieu sé mangeou dé tout,
Dé fruit amai dé ragout.

Nostou coulatioun
Sara leou rascladou,
Car lei passéroun
L'an toutou empourtadou :
N'eis intra un gros troupeou.
Chacun n'a prés un mouceou.

Ai vi voulastra
Unou couquilladou,
Et pui n'eis intra
Unou troupéladou :
A soouta su lou nouga,
L'an quasi tout empourta.

Ai vis per cousta
Unou cardalinou,
Si sabia qu'a fa,
Aquélou couquinou!
Rousigavou lou pasti;
N'y avié per sé diverti.

Ei vengu doou foun
Cinq ou siei roussettou ;
Plusieurs passéroun ,
Dé creou , d'alouettou ;
Lou verdun , lou cérésin ,
Empourtavoun lei rasin.

Sieou esta espanta
Quan ai vis la cérou
Qué nous a emporta
Unou grossou pérou ;
Un gros guzas d'ourtoulan
M'a roouba lou nouga blan.

D'abor eis intra
Quatré béquou-figou ,
N'an tan béquéta
Qué leis an pourridou ;
La pétousou , lou rigaou ,
Bécavoun lou calendaou.

An toutei soouta
Su la counfiturou ,
An ben proufita
D'aquélou avanturou ;
Sé batien quaou n'oourié lou mai;
An ben rampli sei gavai.

Moussu lou quinsoun
Amé la lignotou,
Lòu gai bécassoun
Amé là machotou.
Sussèroun toutei lei jus ,
Jusqu'enfin qué n'y agué plus.

Sieou esta charma
D'oousi la bouscarlou :
Un gros tarnagas
A douna l'allarmou ,
Tout lou matin a canta,
Nous avié encervéla.

Un lai parpailloun,
Qu'avié dé grans alou,

Ei sourli doou foun.,
A dit à la cigalou :
Sor d'eici, sot animaou ,
Toun tem n'ei qué din la caou.

Sé soun agaça
De talou manièrou ,
Qu'a fougu bouta
Tout à la carrièrou :
Lou Fustié a prés un bastoun ,
A assouma lou parpailloun.

YX. NOEL.

Dialogou entré lou Mestré et lou Pastré.

Sur l'air : *Ce n'est qu'un badinage.*

Lou Pastré.

Dieou vous gard' ! nosté Mestré,
Cercas un aoutré bergié ;
Yeou lou volé plus estré ,
Vous démandé moun coungié.

Lou Mestré.

Tu té siés ben leou gasla :
La jouinesson
Maou appressou
Démandou ren que la liberta.

Lou Pastré.

Vés'eici l'inventari
Dé tout cé qu'eis oou troupeou ;
Sé counten lou bestiari ,
Manquara pas unou peou.

Lou Mestré..

Lou bon jour qué m'as douna
Taravellou

Ma cervellou .
Digou-mé doun vounté vos ana.

Lou Pastré.

Yeou m'en voou fairé un viagé
Oou païs dé Béthélem ;
Douna-m'un paou mei gagé ,
Ai bésoun dé moun argen.

Lou Mestré.

D'aqui passoun quan s'en van ;
D'ourdinari
Lou salari
Sé pagou ren qu'à la fin dé l'an.

Lou Pastré.

Mestré , crésès en sagé ,
Venés-vous-en amé yeou ;
Vous oourés l'avantagé
D'adoura lou Fils dé Dieou.

Lou Mestré.

Mé voudriés proun débita
Quaouquou bourlou ,
Marri chourlou ;
N'ei pas à yeou qué n'en foou counta.

Lou Pastré.

Ei fort ben véritablé
Qué lou pichot Innoucen
Ei na dins un establé
Qu'eis ooupré dé Béthélem.

Lou Mestré.

Qué lou Fils dé Dieou sié na,
Per lou creire
Lou foou veiré ,
Yeou podé pas mé l'imagina.

Lou Pastré.

Veici mei camaradou

Qué mé vènoùn averti
Qué la lunou ei lévadou,
Qué toutarou foou parti.

LOU MESTRÉ.

Anaren touteis ensen;
La coumpagnou ,
En campagnou ,
Vounté qu'anen fai toujou gran ben.

XXI. NOEL.

Sur l'air : *Tonleron tonton.*

L'y a proun dé gen
Qué van en rooumavagé,
L'y a proun dé gen
Qué van en Béthélem ;
L'y volé ana ,
Ai quasi proun couragé ,
L'y volé ana,
Si podé camina :
La cambou mé fai maou,
Boutou sellou, boutou sellou,
La cambou mé fai maou,
Boutou sellou à moun chivaou.

Tous lei bergié
Qu'èroun su la moutagnou,
Tous lei bergié
An vis un Messagié,
Qué l'y a crida :
Mettés-vous en campagnou ,
Qué l'y a crida : ·
Lou Fils dé Dieou ei na.
La cambou mé fai maou , etc.

En aqués tem
Lei fèbré soun pas sanou, ·
En aqués tem
Lei fèbré voloun ren :

Ai endura
Unou fèbré cartanou.,
  Ai endura ,
Sensou mé rancura.
La cambou mé fai maou, etc.

  Un gros pastras
Qué fai la catamiaoulou ,
  Un gros pastras
S'en vai à picho pas ;
  S'ei révira
Oou bru dé ma paraoulou ,
  S'ei révira ,
L'y ai dit dé m'espéra.
La cambou mé fai maou, etc.

  Aqueou palo
Descaoussou sei sabattou .,
  Aqueou palo
S'en vai oou gran galo :
  Mai s'unco l'ai
L'y dounarai la gratou ,
  Mai s'unco l'ai
Yeou lou raboutarai.
Le cambou mé fai maou , etc.

  Ai un roussin
Qué volou dessu terrou,
  Ai un roussin
Qué mangeou lou camin
  L'ai achata
D'un qué ven dé la guerrou,
  L'ai achata
Cinq escu dé pata.
La cambou mé fai maou , etc.

  Quan oourai vis
Lou Fils dé Dieou lou Pairé ,
  Quan oourai vis
Lou Rei doou Paradis,
  Et quan oourai
Félicita sa Mairé,

Et quan oourai
Fa tout cé qué deourai ,
N'oourai plus gis dé maou,
Boutou sellou, boutou sellou,
N'oourai plus gis dé maou,
Boutou sellou à moun chivaou.

XXII. NOEL.

Sur l'air : *Est un sage*, *etc.*

Lei plus sagé
Doou vésinagé ,
Lei plus sagé
Et lei plus fin
Fan entendré
Qué divendré
Lou Fils dé Dieou ei na dé gran matin.;
Qué sa Mairé
L'eis ana fairé
Dins un establé su lou gran camin.

Yeou vous quitté
Per l'y ana vité.
Yeou vous quitté,
Et piei m'en voou
Per l'y diré
(Mai sen riré),
Sourté d'eici . car yeou tramblé dé poou
Qué l'establé
Noun vous accablé,
Car lei muraillou van touteis oou soou.

La vespradou
Maou fourtunadou ,
La vespradou
D'un jour fort beou,
La maliçou
D'unou hoouriçou
Mé l'y fagué enclaouré moun troupeou :
Tout un cairé

Toumbè , pécairé ,
Et m'entarrè tous més paourés agneou.

L'expériençou ,
Qué passou sciençou ,
L'expériençou
Dé cé qu'ai vis ,
Ei la caousou
Qué sen paousou
Ai courrigu vous diré moun avis ;
Moun dooumagé
Vous rendra sagé ,
Béleou creirè un dé vosteis amis.

Mé ravisé
Et mé desdisé ,
Mé ravisé
Dé moun prépaou ;
Ma pensadou
Maou ribladou
Mé farié leou passa per un badaou ;
Foou ren crégné ,
Car nosté Seigné
Lei gardara ségur dé prendré maou.

XXIII. NOEL.

Sur un air connu.

Le Fils du Roi de gloire
Est descendu des cieux ;
Que nos chants de victoire
Résonnent dans ces lieux !
Il soumet les enfers ,
Il calme nos alarmes ,
Il tire l'univers
Des fers ,
Et pour jamais
Lui rend la paix :
Ne versons plus de larmes.

L'amour qui l'a fait naître
Pour le salut de tous,
Nous fait assez connaître
Ce qu'il prétend de nous ;
Un cœur brûlant d'amour
Est son plus cher hommage :
Faisons-lui tour-à-tour la cour,
 Dès aujourd'hui
 N'aimons que lui ;
Ah ! quel plus doux partage !

 Vains honneurs de la terre,
Je veux vous oublier,
Le Maître du tonnerre
Vient de s'humilier ;
De vos trompeurs appas
Je saurai me défendre ;
Allez, n'arrêtez pas mes pas,
 Vous me flattez,
 Vous m'enchantez :
Je ne veux rien entendre.

 Remplis toute mon âme,
Jésus, mon divin Roi !
N'y souffre point de flamme
Qui ne s'adresse à toi.
Que voit-on dans ces lieux ?
Que misère et bassesse.
Fais-moi lever les yeux aux cieux ;
 Viens m'enflammer,
 Je veux t'aimer,
Et t'aimerai sans cesse.

XXIV. NOEL.

Sur l'air : *Dans ce beau jour.*

Lei Pastoureou
An fach unou assembladou-,
Lei Pastoureou

An tengu lou bureou ;
Aqui chascun a dit sa rasteladou ,
Et s'ei connclu, la paraoulou dounadou ,
   D'ana
Vers lou Picho qu'ei na.

  Touteis ensen
Sé soun més en campagnou ,
  Touteis ensen,
Am'un fort marri tem :
Ei ben vérai qué lei gen dé mountagnou
Soun fach à tout ; crégnoun ren la magagnou,
   S'en van ,
Et leissoun sei caban.

  Coumé faren
Per noun téni la bisou ?
  Coumé faren ?
Ai poou qué périren.
Tous seis habits soun qué dé tèlou grisou ,
Soun tout troouca , l'y résoun la camisou :
   Lei traou
Tènoun pas gairé caou.

  Quin fré qué fai !
Vount'ei ma camisolou ?
  Quin fré qué fai !
Sé dit lou gros Gervai ;
Senté déjà qué lou còar mé trémolou,
Sieou tout geala , podé pas tira solou ;
   Lou fré
Mé fai bouffa lei dé.

  Nostei pastras ,
A trés hourou sounadou ,
  Nostei pastras
Arriboun din lou geas :
Lou capeou bas et la testou courbadou ,
Van tout courren saluda l'Accouchadou ,
   Et fan
L'acconladou à l'Enfan.

Leissoun oou soou
Dous ou trés bon froumagé,
Leissoun oou soou.
Unou dougénou d'ioou.
Joousé l'y dit : fasè qué fugnès sagé,
Tourna-vous-en et fasè bon vouyagé :
Bergié ,
Prénè vosté coungié.

XXV. NOEL.

Sur l'air : *Dé la Pastourou* , etc.

Pastré dei montagnou ,
  La Divinita
A pré per coumpagnou
  Vostou humanita,
Soun din la persounou
  D'un pichot Garçoun.
Que soun Pairé dounou
  Per vostou rançoun.

La troupou fidellou
  A pré gran plési
D'oousi la nouvellou
  Qué l'Angé l'y a dit.
An pénou dé creiré
  Qu'aco sié vérai,
Voloun l'ana veiré
  A qui rounté geai.

Lou pu viei dei pastré ,
  Et lou pu saven,
Counsultou leis astré
  Sé fara beou tem ;
Dit qu'en lunou plénou
  Fai toujou tem dré,
Et quan l'aourou menou
  Dit qué fai ben fré.

Guillaoumé s'habillou,
　Vesti soun jarguaou,
Et dit à sa fillou :
　Restas à l'houstaou,
Débana la sédou,
　Garda lou troupeou,
Mousé vostei fédou,
　Larga leis agneou.

Si vésia sa fémou,
　Gounflou coum'un bioou,
Giettou d'alagrémou
　Grossou coumé d'iou ;
Ei descounsouladou
　Dé pooudé ana
Veiré l'accouchadou
　Et l'Enfan qu'ei na.

Leis aoutrei Pastourou,
　Déman dé matin,
Viroun lei sept hourou
　Saran per camin ;
Crésé qué sei mouflou
　Li faran pas maou,
Car lou ven qué souflou
　N'ei pas gairé caou.

XXVI. NOËL.

A nleu nostei vésin
Eroun touteis en festou ,
Amé sei tambourin
Mé fasien maou dé testou ;
Courrien per campagnou
Amé gran plési,
Yeou avieou la lagnou,
Poudieou pas dourmi.

D'entendré aqueou gran bru,
Yeou sabieou plus qué fairé,

Crésieou d'estré perdu,
Reveillièré ma mairé ;
Coumé poudé creiré,
Mé sieou habilla,
Et sieou ana veiré
Cé qu'eis arriba.

En fasen moun camin
Rescountrèré Justinou ,
Yeou y diguèré ansin :
Digas--mé, ma vésinou,
Mé soourias à diré
Cé qu'eis arriba ?
S'ei boutado à riré,
Et mé l'a counta.

M'a dit qu'un beou garçoun
A pré nostou naturou,
Per paga la rançoun
Dé toutou créaturou ;
Dré qué l'entendèré,
Aguèré gran gaou,
Et l'y courriguèré
Coum'un perdigaou.

Dré qué fuguèré oou lio
Vount'èrou l'Accouchadou,
Y faguèré bon fio,
Erou toutou gealadou,
Et piei despléguèré
Un beou pédas blan,
Amai ajudèré
A muda l'Enfan.

Dès qué fugué muda,
Prenguèré mei clincletou,
Mé boutèré à touca
La lan turou luretou ;
Cantèré et dansèré
Per lou réjoui ;
Mai m'enroumassèré :
Faou ren qué tuci.

Arou n'ai pas lési
Dé vous diré lurettou,
Mai si voulé véni
Déman qué sara festou,
Veiren l'Accouchadou
Et l'Enfan oou brès,
Toucaren l'oubadou,
Diren lou noué.

XXVII. NOEL.

Sur un air connu.

En sourten dé l'establé
Vounté Dieou ei na,
Ai rescountra lou Diablé,
L'ai arrésouna ;
M'a dit qu'érou amoulairé,
Lou lairé, lou lairé,
Qué sabié ben fairé
Lou gagnou petit.

Quu voou ana à la guerrou.
L'y donoun d'argen
Per despupla la terrou,
Per tia proun dé gen :
D'espasou à l'antiquou,
De piquou, de piquou,
N'y a d'in la boutiquou
Doou gagnou petit.

Ça, ça, coupur dé boursou,
Arou véné leou
Ver yeou qué sieou la sourçou
Dei millour couteou,
Et quand yeou leis amolé,
Yeou volé, yeou volé,
N'ei-ti pas ben drolé
Lou gagnou petit ?

Lou matin davan l'aoubou
Passé lei ciseou
D'aquélei qué fan raoubou,
Pourpoin et manteou ;
Sieou caousou qué travailloun,
Qué tailloun, qué tailloun,
Et souven sé railloun
Doou gagnou petit.

Lou bon Joousé sé piquou
Qu'aquel infernaou
Agué léva boutiquou
Davan soun houstaou ;
Eou saoutou la rigoulou,
Et volou, et volou,
Fai roula lei molou
Doou gagnou petit.

XXVIII. NOEL.

Sur l'air : *Patati et patatoou.*

Vésé véni lou gro serpen
Ver l'establé de Béthléém,
Per troubla nostou festou,
Pastré, descendés eissavaou,
Dounen sus aquel animaou,
Jouguen li dé soun restou.
Arou ei lou tem ou jamai noun
Qué li faou douna doou bastoun,
Et zou, zou, zou,
Patati et patatoou,
Esclapen li la testou.

Eisso eis aqueou vilen Satan
Qu'embrénè la rassou d'Adam
De la plus finou rougnou ;
Soun vénin érou tan marri
Qué nous avié toutei pourri,
A nostou gran vergougnou,

Puisqu'eou nous a tan maoutrata,
A nosté tour lou faou grata.

Et zou, zou, zou,
Patati et patatoou,
Fen li millou boudougnou.

Despiei mai dé quatré mille an,
Eis altéra dé nosté san,
Et chaqué jour s'en lipou ;
A tan rampli soun casaquin,
Dé chair, dé grayssou et dé saïn,
Qué sa pansou s'estripou ;
Sarié péca dé l'espargna,
Eou qué nous a tan sagagna,

Et zou, zou, zou,
Patati et patatoou,
Derraben-li lei tripou.

Amé l'ajudou doou bon Dieou,
Lou faou escourtéga tout vieou,
Coum'unou anguiellou fincu,
Et piei chapoutaren sa chair
Plu menu qué lei coulé ver
Qué dounoun ei galinou.
Pastré, aco ei trop counsulta,
Foudrié qué fuessé sagata ;

Et zou, zou, zou,
Patati et patatoou,
Espéyen li l'esquinou.

Dé sa peou faren un garro,
Piei la pendoularen oou cro
Dé quaouqué Apouticari ;
Toutei lei gen qué passaran
Diran : véqui lou gro Satan,
Aqueou vilen mangeairé,
Qué per avé tro rousiga,
Lei Pastré l'an escourtéga ;

Et zou, zou, zou,
Patati et patatoou,
Garden-nous dé maou faïré.

XXIX. NOEL.

Sur l'air : *Ah ! le bel oiseau ! maman.*

Sur le minuit il est né
Un bel Enfant à Marie,
Des Bergers l'ont adoré,
Il est dit-on, le Messie :
Ah ! le bel Enfant charmant!
Annoncé par Isaïe ;
Ah ! le bel enfant charmant
Est le Fils du Tout-Puissant.

Une étoile, en Orient,
A paru dans la Judée,
Prédite par Balaam
A toute une grande armée.
Ah ! le bel Enfant charmant !
Le plus beau de la contrée ;
Ah ! le bel Enfant charmant
Est le Fils du Tout-Puissant.

Proche de Jérusalem,
Dans une chétive étable,
Du pays de Bethléem
Est né cet Enfant aimable :
Ah ! le bel Enfant charmant !
Est un Dieu tout adorable ;
Ah ! le bel Enfant charmant
Est le Fils du Tout-Puissant.

Entre deux vils animaux
Il couche dessus la dure ;
Hélas ! un Enfant si beau,
Pour nous mille maux endure :
Ah ! le bel Enfant charmant !
Souffre pour sa créature ;
Ah ! le bel Enfant charmant
Est le Fils du Tout-Puissant.

Ses yeux sont beaux et brillants,
Son teint, sa bouche vermeille,
Il a un air doux et grand,
Enfin, c'est une merveille :
Ah ! le bel Enfant charmant !
A-t-on vu chose pareille ?
Ah ! le bel Enfant charmant
Est le Fils du Tout-Puissant.

Il vient à notre secours
Pour nous tirer d'esclavage.
O Dieu ! quel excès d'amour !
Peut-il luire davantage !
Ah ! le bel Enfant charmant
Mérite bien nos hommages,
Ah ! le bel Enfant charmant',
C'est le Fils du Tout-Puissant.

XXX. NOEL.

Sur l'air : *Allant au marché ce matin.*

Per noun langui lon doou camin,
Counten quaouquou sournetou ;
Su lou fifré, lou tambourin,
Disen la cansounétou ;
Canten Noué, Noué, Noué, Noué su la musettou.

Lou tem nous a gairé dura,
Vézé eici la grangettou,
Lou beou proumié qué intrara,
Qué levé sa barrettou.
Canten Noué, etc.

Hélas ! moun Dieou ! lou bel Enfan !
Coumé pren la poussettou,
Dirias avis qué mort dé fan,
Régarda coumé tétou.
Canten Noué, etc.

Ai d'ioou, dé farinou et dé la,
    Amai unou cassettou,
S'avian dé fio, l'y ourieou leou fa
    Unou bonou soupettou.
Canten Noué, etc.

Lou Picho ei mai mort qué vieou,
    Joousé fai lei tachétou,
Douna mé vité lou fusicou,
    La sinsou et lei brouquettou.
Canten Noué, etc.

L'Enfan ei fré coumé dé glas,
    Pourgé-mé l'escouffétou ;
Téné, cooufa-l'y soun pédas,
    Coumairé Guilloumettou.
Canten Noué, etc.

Aquestou crupi vai ou soou,
    Coucha aquélou soumettou,
Vénè, qu'estacaren lou bioou,
    Presta-mé vostei vétou.
Canten Noué, etc,

Bonou Viergé, Mairé dé Dieou,
    Bellou et jouinou brunettou,
N'aoutré vous anen diré adicou,
    Vous leissen pas soulettou.
Canten Noué, etc.

XXXII. NOEL.

POUR LES ROIS.

Din l'Arabiou ,
Trés Rei qu'avien ben estudia
L'astrologiou ,
An dévina
Qué la planéton
Qu'a parégu din l'Orian ,
Ei la coumétou
D'un Dieou Enfan.

Soun trés Rei Magé
Qué soun mounta su dé cameou ,
Van rendré hooumagé
Oou Rei nouveou ;
Sen sé couneissé ,
Chacun part dé soun quartié ;
An vi pareissé
L'astré proumié.

L'astré lei ménou
Tout dré vount'érou la Jassen ,
Trovoun sen pénou
Lou Dieou neissen ;
Sus un establé
Qu'érou oouvert dé tout cousta ,
L'astré admirablé
S'eis arresta.

Gaspar s'arrestou
Quan n'en vei véni Boutésar :
Sé fai gran festou
Dé toutou part ;
A la mémou hourou.
Sé soun trouva touteis ensen ,
Amé lou Mourou ,
Ver la Jassen.

An vi dei brèchou ,
L'Enfant divin , tout plein d'amour,
Dins unou crèchou ,
Beou coum'un jour ;
Sa bonou Mairé
L'a vitamen emmaillouta ,
Et piei , pécairé ,
L'y a présenta.

Din soun lengagé ,
Boutésar, Gaspar et Melchior,
Prestoun hooumagé
Doou foun doou cor ;
Chacun l'admirou,
Et piei l'y donoun per présen
D'or et dé myrrhou ,
Amé d'encen.

XXXII. NOEL.

Sur l'air de la marche de Turenne.

Dé matin
Ai rescountra lou trin
Dé trés gran Rei qu'anavoun en vouyagé ,
Dé matin
Ai rescountra lou trin
Dé trés gran Rei dessu lou gran camin ;
Ai vis d'abor
Dé gardou-Cor,
Dé gen arma amé unou troupou dé pagé ;
Ai vis d'abor
Dé gardou-cor,
Toutei dooura dessu sei justoucor.

Lei cameou
Qu'èroun ségur for beou,
Eroun carga dé toutei seïs équipagé ;
Lei cameou,
Qu'éroun ségur for beou,

Pourtavoun lei bijou toutei nouveou ;
  Et lei tambour.
  Per fairé hounour,
Dé tems en tems fasien un bruyan tapagé ;
  Et lei tambour
Batien la marchou chacun à soun tour.

   Dins un char
  Dooura dé toutou par,
Vésia lei Rei moudesté coumé d'angé :
   Dins un char
  Dooura dé toutou par,
Vésia brilla dé riches estandar ;
  Et lei drapeou,
  Qu'èroun for beou.
Ei ventoulés servissien dé badinagé :
  Oousias d'hooubois ,
  Dé bellei voix ,
Qué dé moun Dieou publiavoun lei louangé ;
  Oousias d'hooubois ,
  Dé bellei voix
Qué disien d'air d'un admirablé choix.

   Esbaï
  Dé veiré aco d'aqui ,
Mé sieou rengea per veiré l'équipagé ;
   Esbaï
  Dé veiré aco d'aqui ,
Dé lieun en lieun leis ai toujou suivi :
  L'astré brillan ,
  Qu'èrou davan ,
Erou dei Rei unou favourablou guidou :
  L'astré brillan
  Qu'èrou davan ,
S'arrestè net quan fuguè ver l'Enfan.

   Introun piei
  Per adoura soun rei ,
A doux ginoun coumençoun sa prièrou ;
   Introun piei
  Per adoura soun Rei
Et récouneissé sa divinou lei ;

Gaspar d'abor
Présentou l'or,
Et dit pertout qué n'en sias lou Rei dé gloirou ;
Gaspar d'abor
Présentou l'or,
Et dit pertout qué ven cassa la mor.

Per présen
Melchior offrou l'encen,
En l'y disen : sias lou Dieou deis armadou ;
Per présen
Melchior offrou l'encen :
Sias nosté Rei et sias Dieou tout ensen ;
La paouréta,
L'humilita,
Dé vosté amour soun lei provou assuradou ;
La paouréta,
L'humilita,
N'empachoun pas vostou divinita.

Quant à yeou,
N'en plouré, moun bon Dieou,
En sanglouten vous présenté la myrrhou ;
Quant à yeou,
N'en plouré, moun bon Dieou,
Dé l'y soungea sieou pu leou mor qué vieou :
Un jour per nous,
Sus unou croux,
Coumé mourtaou finirè nostei misèrou ;
Un jour per nous,
Sus unou croux
Dévè mouri per lou salut dé tous.

*L'Eglise célèbre au jour de l'Epiphanie trois mi-
racles compris dans le couplet suivant :*

Ooujourd'heui
Eis adoura dei Rei
Et batégea dei man dé Jean-Baptistou ;
Ooujourd'heui
Eis adoura dei Rei,
Tout lou moundé sé soumet à sa lei :

Dins un festin
Ren l'aigou en vin ,
Aqueou miraclé ei ségur ben réquisté ;
Dins un festin
Ren l'aigou en vin ,
Nous manifestou soun poudé divin.

XXXIII. NOEL.

Sur l'air : *Il pleut, il pleut, bergère.*

Grand Dieu , que de merveilles
S'accomplissent pour moi !
Mes yeux et mes oreilles,
Rendez-vous à ma foi.
La force et la faiblesse,
La justice et l'amour,
La gloire et la bassesse,
S'unissent en ce jour.

La lumière immuable
Est dans l'obscurité,
Je vois dans une étable
Le Dieu de majesté ;
Le sage est dans l'enfance.
L'immense est un berceau,
Le tout dans l'indigence
Et l'Eternel nouveau.

La faiblesse sans armes
A fait un triomphant.
L'enfer est en allarmes
Aux cris d'un tendre Enfant ;
Sa beauté l'épouvante,
Ses pleurs le font gémir,
Sa douceur le tourmente,
Son nom le fait frémir.

Une Vierge est la mère
De l'Enfant qui paraît ;

Un Enfant est le père
De celle dont il naît ;
Son Trône est une crêche ;
Sa cour deux animaux ;
Son silence nous prêche ;
Son mal guérit nos maux.

Achevez le miracle,
Adorable Sauveur ,
Nos cœurs vous sont obstacle,
Soyez-en le vainqueur ;
Echauffez-en la glace,
Brisez leur dureté ;
Occupez une place
Qui vous a tant coûté.

XXXIV. NOEL.

Dialogou entré un Chrestian et un Jusioou.

Sur l'air : *Dé bon matin per la campagnou.*

Lou Chrestian.

Fresteou, esfatou tei roupillou,
Gietou oou fio tei vieillou guénillou,
Restés plus dessu toun fumié,
Ei ten dé sourti doou bourbié :
Récounei lou Fils dé Mariou.
Per lou vrai Dieou, lou vrai Messiou
Vai l'adoura dessu lou fen,
Tout toun bonhur d'aqui dépen.

Lou Jusioou.

Alon alé, troubio coumuno.
Va-t-en ailleur cherché fourtuno,
Leissou lei Jusioou coumé soun,
Qué malouvali tei cansoun.
Quan Dieou vendra dessu la terro,
Veiren d'huliaou et dé tounerro,

N'aven chis oousi de taou bru.
N'ci doun pas ancoro vengu.

Lou Chrestian.

Ai. ai ! counfoundés l'Escriturou,
Cerveou rou et testou tro duro,
Fas ben veiré qué sabés ren
Et qué siés un grand ignouren ;
Appren lou sens d'aqueou passagé,
Té lou voou diré à moun langagé,
Aqui parloun fort claramen
Dé soun ségoun avénamen.

Lou Jusioou.

Per vosteis airs fés en musiquo,
M'avor fé véni la coliquo :
Achou, Moussu, dé qué voulé,
Faou plus eiciré tant parlé ;
Savon qué din lei prophétio
Nous eis proumés qué lou Messio
Deou fini la captivité,
Et partout sian for maoutraté.

Lou Chrestian.

Eici toutarou té confoundé
A la façou dé tout lou moundé.
Cor charnel, cor incircounci.
Cor encarou trop endourci ;
Quaou paou néga qué sa vengudou
A més ou cro la servitudou ?
Sian-ti pas forou doou péca ?
Aqui podes-ti répliqua ?

Lou Jusioou.

Yeou vésé ben qué faou sé rendré.
Et qué podé plus mé défendré ;
Leissé per touchour mei tanlé,
M'avé tro ben persuadé ;
Aro creirai qu'ei lou Messio,
L'adourarai touto má vio ;

5

Volé mé soumettré à sa lei,
Ei moun Dieou, moun Pairé et monn Rei.

Lou Chrestian.

Fresteou, lou veiras din l'establé,
Aqu cou Dieou gran et rédoutablé.
Ei nascu pré dé Bethélem.
Vai l'y doun, proufitou dou tem ;
N'ouras plus poou dé sa couléroou,
Souras plus cé qu'éi la misérou,
Jouïras d'un aimablé sort.
Saras plus l'enfan dé la mort.

Lou Jusioou.

Toutarou voou l'y rendré houmaché,
Mé foou gouïn, quinté avantaché !
Aro vieourai touchour counten,
Sarai reçu dei bravei chen :
Plus dé kénin su ma carcasso,
Su meis habits plus chis dé crasso,
Dédan, déhor sarai tout noou,
N'ourai plus caro dé chusioou.

XXXV. NOEL.

Sur l'air : *Femme sensible.*

Que les bergers au son de leurs musettes
Chantent en cœur la gloire de ce jour !
L'Emmanuel, prédit par les Prophetes,
Au milieu d'eux vient d'établir sa cour.

Qui le croirait ? l'Auteur de la nature
Et le Dieu fort cherche un faible soutien :
L'Immense habite une étroite masure :
Le Tout-Puissant seul ne possède rien.

Samaritain, puissant et charitable,
Touché des maux du pauvre genre humain,
Pour les guérir il naît dans une étable ;
Ses pleurs divins servent d'huile et de vin.

Ne versons plus de larmes impuissantes,
Cet Enfant-Dieu vient finir nos malheurs;
Poussons vers lui des voix reconnaissantes;
Et donnons-lui l'empire sur nos cœurs.

O vous, pécheurs! pour un amour si tendre
Seriez-vous donc sans aucun sentiment?
Jusques à quand voudriez-vous vous défendre
D'aimer sans fin cet adorable Enfant?

Enfant divin, donnez aux sœurs de Claire
Un cœur brûlant de votre saint amour,
Pour célébrer dignement ce mystère,
Et mériter votre éternel séjour.

Vers cet Enfant, courez, Hospitalières,
Votre bonheur le demande en ce jour;
A l'adorer soyez donc les premières,
Et donnez-lui votre cœur sans retour.

Que la plus vive et tendre mélodie
Fasse en ce jour retentir le Carmel;
Empressez-vous, dignes Filles d'Elie,
A célébrer le Fils de l'Eternel.

XXXVI. NOEL.

Sur l'air : *Femmes qui voulez éprouver.*

Eh quoi! le ciel s'ouvre sur nous!
Quoi! l'Enfer est dans les alarmes!
Raison humaine, taisez-vous;
Heureux mortels séchez vos larmes.
Enfin vos vœux sont accomplis;
Son ouvrage, l'amour consomme;
Enfin vos désirs sont remplis;
Le Verbe divin s'est fait homme.   *bis.*

Qu'il est heureux pour nous ce jour!
Qu'il est consolant ce mystère!
C'est le mystère de l'am...
C'est notre Dieu, c'est notre Père

Qui prend la forme d'un Enfant ;
Par l'union la plus intime,
Il s'unit à nous en naissant ;
Déjà l'amour le rend victime.   *bis.*

Ah ! serions-nous assez ingrats
Pour lui refuser nos hommages ?
De notre amour n'attend-il pas
Les plus solides témoignages ?
Animés d'une sainte ardeur,
A peine instruits de sa naissance,
Tous les Bergers , de tout leur cœur,
Vont l'adorer dans le silence.   *bis.*

Des Rois viennent de l'Orient
Poser à ses pieds leur couronne ,
Sans balancer un seul instant,
Au signal que le ciel leur donne ;
Ils quittent leurs biens, leur trésor ;
Ils quittent leurs Dieux, leur patrie ;
Même ils osent braver la mort
Pour chercher l'auteur de la vie.   *bis*

Réduit obscur, antre sacré,
Que ne pouvez-vous nous décrire
Leur soumission, leur piété,
Leur doux transport, leur saint délire !
Je les vois, embrasés d'amour,
Offrir leurs dons et leurs hommages ;
Aimer, adorer tour-à-tour,
Sont de leur foi les tendres gages.   *bis.*

Allons, mon âme, avec ardeur,
Sans délai, courons à la crèche :
Qu'y vois-je au berceau du Sauveur !
Tout me publie et tout me prêche
Qu'il faut d'un amour affectif,
Aimer, aimer un Dieu qui m'aime ;
Qu'il faut d'un amour affectif,
Aimer ce Dieu plus que moi-même.   *bis.*

Oui, saint Enfant, je le veux,
Je veux vous aimer et vous plaire ;

Tels à jamais seront mes vœux ;
Jamais un instant vous déplaire.
Avec les Pasteurs et les Rois
J'offre mon cœur et tout mon être ;
Toujours plus fidèle à vos lois,
Il n'aura jamais d'autre maître.   *bis.*

Je sens qu'il est à vous ce cœur,
Mon doux Jésus, je l'abandonne,
Communiquez-lui votre ardeur,
Entièrement je vous le donne ;
Je vous le donne pour toujours,
Non, je ne veux plus le reprendre :
Qu'il brûle pour vous nuit et jour !
C'est tout ce que je veux apprendre.   *bis.*

XXXVII. NOEL.

Dans cette étable,
Que Jésus est charmant !
Qu'il est aimable
Dans son abaissement !
Que d'attraits à la fois !
Tous les palais des Rois
N'ont rien de comparable
Aux beautés que je vois
Dans cette étable.

Sans le connaître,
Dans sa douce fierté,
Je vois paraître
Toute sa majesté ;
Dans cet Enfant qui naît,
Par un instinct secret,
Je découvre son être,
Et je sens ce qu'il est,
Sans le connaître.

Que sa puissance,
Paraît bien en ce jour,

Malgré l'enfance
Où l'a réduit l'amour !
Notre ennemi dompté,
L'enfer déconcerté,
Font voir qu'à sa naissance
Rien n'est si redouté
　Que sa puissance.

Plus de misère ,
Un Dieu souffre pour nous ,
　Et de son Père
Désarme le courroux ;
C'est en notre faveur
Qu'il naît dans la douleur ;
Pouvait-il, pour nous plaire,
Unir à sa grandeur
　Plus de misère?

· S'il est sensible,
Ce n'est qu'à nos malheurs;
　Le froid nuisible
Ne cause point ses pleurs ;
Après tant de bienfaits ,
Notre cœur aux attraits
D'un amour si visible,
Doit céder désormais
　S'il est sensible.

　Que je vous aime ,
Peut-on voir vos appas ,
　Bonté suprême !
Et ne vous aimer pas !
Puissant Maître des cieux,
Embrasez-moi des feux
Dont vous brûlez vous-même ;
Ce sont-là tous mes vœux :
　Que je vous aime !

XXXVIII. NOEL.

Sur l'air : *Nosté paouré ca.*

San Joousé m'a dit :
Pren-té gardou, pren-té gardou,
San Joousé m'a di :
Pren-té gardou apéreici ;
Quan gealou, quan névou, lei marridei ge
Soun per hortou d'aqueou tem.

M'a més catécan
L'halabardou, l'halabardou,
M'a més catécan
L'halabardou entré lei man.
Qu marchou ? qu vivou ? vésé trés voulur ;
Qu va là ? sian pas ségur.

Leis ai vis dé près,
Qu'an dé mourré, qu'an dé mourré,
Léis ai vis dé près,
Qu'an dé mourré dé travès ;
Dé patou, dé grifou, coumé nosté ca,
Et dé coua coumé dé ra.

Vilen Belzébu,
Qu'as dé banou, qu'as dé banou,
Vilen Belzébu,
Qu'as dé banou su lou çu,
Qué rodés ? qué cerqués ? ça ! y a ren doou tieou,
Sian touteis enfan dé Dieou.

Traité Lucifer,
Perqué sortés, perqué sortés,
Traité Lucifer,
Perqué sortés dé l'infer ?
La cassou, la pesquou, voloun ren per tu
Arou qué Dieou ei vengu.

Malhuroux Satan,
Qu'as leis alou, qu'as leis alou,

Malhuroux Satan,
Qu'as leis alou d'un tavan,
Qué disés? qué groundés? fagués pas lou fin,
Toun mestré eis aqui dédin.

Bel angé Micheou,
Sourtè vité, sourtè vité,
Bel angé Micheou,
Sourtè vité, vènè leou,
Lei diablé barruloun à l'entour doou jas,
Manda-leis oou païs bas.

XXXIX. NOEL.

Sur l'air : *Avec les jeux dans le village.*

Qu'en ce jour les airs retentissent
Des chants les plus mélodieux.
Les prophéties s'accomplissent ;
La terre est autant que les Cieux !
Dieu n'écoutant que sa clémence,
Vient de nous donner un Sauveur,
Et pour toute reconnaissance
Il nous demande notre cœur.   *bis.*

Par un prodige inconcevable,
Cet Enfant, roi de l'univers,
Est né dans une pauvre étable,
Au milieu d'animaux divers.
Que notre sort est désirable !
Gloire à cet aimable Sauveur !
Si son état est pitoyable,
C'est pour émouvoir notre cœur.   *bis.*

Du haut de la voûte azurée
Un envoyé du Tout-Puissant
Annonce à toute la contrée
La naissance de cet Enfant :
Tous les Bergers du voisinage
Volent pour lui faire la cour,

Lui présentent le tendre hommage
D'un cœur brûlant du pur amour.   bis.

L'étable étant l'auguste temple
Où réside ce Dieu-Enfant ;
Des Bergers, suivons donc l'exemple,
Et courons lui faire un présent ;
Mais le seul qui puisse lui plaire
Et qu'il désire en ce saint jour,
C'est l'offrande d'un cœur sincère,
Embrasé du plus pur amour.   bis.

Arrivés aux pieds de la crèche,
Arrêtons nos yeux sur Jésus ;
C'est là que sans parler, il prêche
La plus sublime des vertus !
Partout il nous dit qu'il nous aime,
Et que par un juste retour,
Nous devons en faire de même,
Et l'aimer du plus pur amour.   bis.

Aimable Enfant, divin Messie,
Immortel fait mortel pour nous,
Vous venez nous donner la vie !
Que pouvons-nous faire pour vous ?
A vous seul, ô maître adorable !
Nous nous consacrons en ce jour ;
Et vous serez, Sauveur aimable,
Toujours l'objet de notre amour.   bis.

XL. NOEL.

Sur un air connu.

Aquel Angé quei vengu,
Et qué nous a parégu,
A dit per tout lou terrairé
Qué lou Fils dé Dieou ei na
Dé Mariou, Viergé-Mairé,
Dins un jas abandouna.

Hélas ! vounté soun longea !
Fai trambla dé l'y soungea ;
Ycou qué couneissé l'establé,
Sabé qué voou men qué ren,
Eis un lio abouminablé ,
Sé n'y a gis en Bethélem.

Eis un jas tout déscouver,
Vounté n'y a qué dé luzer,
Dé serpen et dé rassadou,
D'escorpioun et dé crapaou,
Dé rat.et ratoupenadou ,
Et semblableis animaou.

Aven résoulu d'ana
Veiré aquel Enfan qué na ;
Ycou amé leis aoutrei Pastré
Aven leissa lou bestiaou,
(Qué Dieou gardé dé désastré)
L'y sian esta dins un saou.

Aven trouva san Joousé
Qu'escoubavou amé lei pé ;
Aussitôt nosteis houlétou ,
Qué pourtavian su lou coou,
Nous an servi dé palétou,
L'y aven nétégea lou soou.

Joousé , lou bon Seigné gran,
Nous a fa veiré l'Enfan ;
Capeou bas, la testou nusou,
A ginoun en gran respé,
L'y aven fa la benvengudou,
Et l'y aven beisa lei pé.

XLI. NOEL.

Sur un air connu.

Vénè leou
Veiré la Pieoucellou,
Vénè leou ,

Genti pastoureou ;
Soun Enfan ei plu blanc qué la neou.
Et trélusi coumé unou estellou :
Ai , ai , ai , qué la Mairé ei bellou !
Ai , ai , qué l'Enfan ei beou !

Hoou , Christoou !
La nieu ei fort clarou ,
Iioou , Christoou !
Saoutou vité oou soou,
Et vai-t'en oou païs dei Jusioou .
Veiras Jésu qu'ei caousou rarou.
Hoou, hoou, hoou, mé lèvé toutarou ,
Hoou, hoou , toutarou l'y voou.

Quu eis aqui
Qué bat dé la sortou?
Quu eis aqui ?
Sian vosteis ami
Qué pourten un pareou dé cabri ;
Disoun qu'ei bon ami quu portou ;
Ta, ta, ta, drubè-nous la portou ,
Ta , ta , vénè-nous oouvri.

Avè tor,
Vous et vostou fillou ,
Avè tor
Dé piqua tan for .
Vaoutrei pastré sia toutei dé butor,
Poudè jamai téni sésillou.
Chu, chu, chu, qué l'Enfan soumillou ,
Chu, chu , qué lou Picho dor.

Gros badaou ,
N'oouré jamai paousou ,
Gros badaou ,
Teisa-vous un paou ,
Parla plan et marcha tan pu siaou,
Coumé fai une cacalaousou.
Plan, plan, plan, qué l'Enfan repaousou,
Plan , plan , leissa-l'en répaou.

XLII. NOEL.

Sur l'air : *Dieou vous gard' ! nosté Mestré*.

Ei miéjou nieu picadou,
Entendé parla dé gen ;
Disoun qu'à la bourgadou
L'humblou Mèrou deis humen,
Ven dé fairé un bel Enfan
Qu'ei lou Fils doou Tout-Puissan ;
Leis escouté,
D'aco douté ;
M'an réveilla doou grand bru qué fan.

Chacun siblou, ou cantou,
Ou toquou doou tambourin ;
An douna l'espouvantou,
Suivan qué coumpréné, oou chin.
Podé pas m'imagina
Qué sé vengué tan souna
Dé coumpagnou
A la campagnou
Per un Enfan nouvellamen na.

Aquélei gen encarou
Disoun qu'eis dins un viei jas ;
Bessai fan la fanfarou,
Et cerquoun d'oucéloun gras :
Qué digoun cé qué voudran ;
Saben qué lei fénéan
Amoun à riré ;
Yeou mé viré,
Voou fairé un son jusqu'à déman.

Rés mé fara pas creiré
Qu'un pichot Enfan ei Dieou,
Qué sé ven fairé veiré
En dé mourtaou coumé yeou ;
Dieou sé ten ou Paradis,

Jamai homé vicou l'a vis,
  Su la terrou
  Lou tounerrou
Toumbou jamai qué per soun avis.

Un Camaradou.

As oublida, moun frairé,
Ou n'as jamai ben apprés
Qué nosté divin Pairé
Despiei lontem a proumés
Qué lou Messiou vendrié,
Et qué nous délivrarié
  Dé la patou
  D'aqueou matou,
Qué deis infer boufou lou brasié.

Dins unou Viergé-Mèrou
Aqueou Messiou béni,
A l'humenou misérou,
Despiei noou més s'eis uni ;
Arou ya pas un instan
Qu'ei na coum'un paouré enfan
  Su la paillou ;
  Ei canaillou
Quaou l'amou pas d'un amour constan.

As bonou souvénençou,
Moun frairé, as souven légi,
Yeou per ma négligençou
Sabé ren, douricou n'en rougi.
Suivant tu, moun cher aina,
Arou lou Messiou ei na ;
  L'a fa veiré,
  Déven creiré
Coumé Abraham sensou résouna.

Léven-nous, anen vité
Veiré aqueou suprèmé Rei,
N'ourian gis dé mérité
Sé gardavian pas sa lei ;
Nous gitaren à sei pè,
Y ouffriren nostei respè ;

Eis auguste,
Bon et justé,
Din soun houstaou y a rés dé suspè.

Moun frairé, amai caminé,
Pensé en tout cé qué m'as di ;
Lou bon Dieou m'illuminé,
Sieou ren qu'un jouiné estourdi ;
Dieu dégné mé fairé avé
Unou vivou et fermou fé,
Un couragé
Qu'à tout âgé
Mé fagué ben rempli moun dévé.

Adourablé mounarquou ,
Nosté eimablé souvéren,
Eici chascun rémarquou
Qué n'avé ni fio ni ren.
Moun Dieou, qué sia maou lougea !
Vosté amour vous a fourgea
Quu souffrançou !
Vosté Enfançou
A ben souffri, nous deou esgaya.

Glouriousou Mariou,
Vous qué véné d'enfanta,
Et tèné lou Messiou
San cessou à vosté cousta,
Fasé qu'après nostou mort
Intren oou célesté port.
Qué nosté amou,
Santou Damou.
Ané joui doou divin trésor.

XLIII. NOEL.

Sur l'air : *La bouteille me réveille.*

Unou estellou
Dei pu bellou
Ménou lei Rei dé Tharsis,

De l'îlou , dé l'Arabiou ,
Din lôu jas rountei Mariou
Et lou Rei doou paradis.

Sé soun riché ,
Soun pas chiché ,
Portoun dé for beou présen.
An unou miègeou dougènou
Dé gran caissou toutei plénou
Dé myrrou, d'or et d'encen.

Dé gendarmou
Sous leis armou,
N'y a cinq ou siei régimen :
An un for bel équipagé
D'estafié , laquais et pagé .
Habilla superbamen.

Din la villou ,
Mai dé millou
An mai dé poou qué dé maou ;
An casi tous pré l'alarmou
En crésen qué lei gendarmou
Lougearien din seis houstaon.

D'aquélou hourou
Lou Rei Mourou
A fa diré à toutei sei gen
Qué qun plumarié la poulou
Sarié pendu per la goulou
Oou mitan dé Béthélem.

La noublessou
Ben appressou
Voou pas gis dé councussioun.
Toutou aquélou poupulaçou
Din lou jas vai prendré plaçou
Per veiré l'adouratioun.

———

LXIV NOEL.

Sur l'air : *Dé bon matin per la campagnou.*

Dé bon matin lei trés Rei Magé ,
A la suitou d'un bon vouyagé ,
En arriven à Béthélem ,
An adoura lou Dieou neissen :
Eroun guida per unou estellou,
Mai certou , qu'èrou dei pu bellou ,
Mandadou per l'Enfan Jésus ;
Entounen lou *Benedictus.*

Aquel Enfan tan beou qu'eimablé
A vougu naissé din l'establé ,
Oou mitan dé dous animaou ,
Poudé lou creiré , n'ei pas faou.
Sa Mairé s'appellou Mariou .
N'a jamai cessa d'estré fillou .
Issudou doou sang dé David ,
Canten toutei *Et erexit.*

Lou Tou-puissan a fa merveillou ;
Ah ! quutou graçou sen pareillou ?
Lei Prouphètou l'avien prédi,
Et tout aco s'eis accoumpli ;
Soun Fils ei na dins un establé ,
L'y a–t'y ren dé plus admirablé !
A vosté hounour, divin Jésus ,
Cantaren *Sicut locutus.*

Avian d'ennémi rédoutablé :
Cé qué l'y a dé plus rémarquablé ,
Per nous rachéta doou péca ,
Lou Fils dé Dieou s'eis incarna
Din lou sein d'unou chastou Viergé ,
Plus brillantou qué gis dé ciergé ;
En mémoirou d'un tan gran ben ,
Canten lou versé *Salutem.*

Per sa grandou miséricordou ,
Rés lou nègou et chacun l'accordou ,
Enver nosté Pairé commun ,
Avié fa pardouna à chacun.
Per testamen , amé assurançou ,
En vertu dé soun alliançou ,
A l'hounour doou Dieou tout-puissan,
Disen : *Ad faciendam.*

Per soun sermen incountestablé
Qu'a fa , cé qu'ei ben véritablé ,
Enver soun servitour Abraham ,
Qué nous mandarié soun Enfan ,
Remercien-lou d'aquélou graçou ,
Et léven-nous touteis en massou
Per fairé gaou à l'Enfantoun ;
Canten toutei : *Jusjurandum.*

N'aven plus d'ennémis à crégné ,
Dé Jésus marchen sous l'enseigné,
Pertout guidara nostei pas ;
Dé lou suivré siguen pas las ;
Suiven sa lei et lei Prouphètou ;
Metten en obrou sei préceptou ;
Intérin amé un gran respé
Canten : *Ut sine timore.*

Tant qué nous restara dé vidou
Coumetten gis d'actioun marridou ,
Counsidéren sa santéta ,
Tachen dé la ben imita ;
Jiten leis yeu su la justiçou ,
Lieun dé nous aoutrei la maliçou !
Eis un péca , vous lou sabé ,
Qu'ana canta *Sanctitate ?*

Pichot Enfan et gran Prouphètou ,
Dei dessein dé Dieou l'interprètou ,
D'aqueou qué siés lou Précursour,
Qu'ei nosté eimablé Rédemptour,
Nous enseignaras sa douctrinou
Amai sa paraoulou divinou ;

6

En attenden anen canta
La strophou : *Et tu, Puer, propheta.*

Nous as précha soun Evangilou,
As parcouru noumbré de villou ;
As écléra leis ignouren ,
As counverti forçou payen ;
Enfin, nous as douna la sciençou
Per nétégea nostou consciençou ;
A l'Ooufícé , penden tout l'an ,
Entounen toutei : *Ad dandam.*

Nous as descouver leis entraillou
Doou Sauveur, qué per seis ouaillou
A sacrifia su la crous ;
Malhur à n'aoutrei peccadous !
Si su nostei corps sei souffrançou
N'appliquen amé gran counstançou ,
Et si négligen dé canta ,
Disen doun lou : *Per viscera.*

Erian ploungea din lei ténèbrou,
Amai din leis oumbrou funèbrou ;
Tout coumé dé paouré avugla,
Vivian toujou din lou péca ;
Per lou mouyen dé ta sagessou,
Dé ta salutèrou entrépressou,
As ben dirigea nostei pas
Ver lou doux sentier dé la pax.

En chœur canten doun gloirou oou Pèré ,
Qué chacun eici lou révèré ,
Et n'ooubliden pas soun cher Fieou ,
Qu'amé soun Pèré fan qu'un Dieou :
Crésen-lou , la fé nous l'ourdounou ,
Car n'y a qu'un Dieou en trés Persounou ,
La troisièmou lou Sant-Esprit :
Canten lou *Gloria Patri.*

Eis esta dé tout tem dé mêmé,
Ei suffi d'avé lou Baptèmé
Per creiré qué déou estré ansin ;
N'an ni coumençamen ni fin ;

Mounstren nostou récouneissençou
Oou Tré-Haou dé sa benféçençou ;
Poursuiven, siguen pas ingrat,
Finissen per *Sicut erat*.

LXV. NOEL.

Sur un air connu.

Un Angé a fa la cridou,
Qu'anieu dins unou bastidou
Unou Picoucellou a fa
Un pichot Enfan dé la ;
Lei Bergié davan matinou
Dourmien su la coulinou,
Leis a réveilla tous :
Hoou ! Pastré, léva vous.

An oousi la nouvellou
Qué l'y a dit de la Picoucellou,
Et n'an vi per un traou
Unou gran clarta en haou ;
Ravi d'aquélou glori,
Toutei sourti dé la bori,
An chacun fach un saou,
Houi, dessu lou coutaou.

Courroun per lei mountagnou,
Coumé lébré en campagnou,
Per estré lei proumié ;
Nicoulaou restou darrié,
Qué ménavou sa fillou,
Soun pé ferra l'y resquillou,
Barrulou doou coutaou....
Ai ! s'ei gis fa dé maou.

Sé frétou un poou lon mourré,
Pui apré sé boutou à courré
Per attrapa sei gen ;
Leis ajoun en Béthélem ;

L'y contou l'espectaclé,
Et dit qu'eis un gran miraclé
D'avé fach un taou saou,
Houi ! sen sé fairé maou.

Tout'aquélou brégadou
Trovou la portou sarradou ;
Sensou gis dé respé,
Chacun l'y piqnou doou pé :
L'un buttou, l'aoutré cridou
Per intra din la bastidou ;
Giétoun la portou oou soou,
Plouf ! tout tramblou dé poou.

Nosté bravé sooutairé,
S'en vai saluda la Mairé,
Renden graçou oou Fieou,
Dé cé qu'érou encarou vieou ;
L'y fai la révérençou
En sourten dé sa présençou,
Fai encaron un saou,
Hoou ! gaillar Nicoulaou.

LXVI. NOEL.

Sur l'air : *A peine au sortir de l'enfance.*

O Pairé Adam ! qué toun ooufençou
Portou tor à tei descenden !
Fougué-ti qué toun imprudençou
Rétoumbessé su leis humen ?
Despui alor neissen coupablé,
Sian sujé à toutei lei maou ;
Et la mort, qu'eis impitouyablé,
Enlévou toutei les mourtaou.

La tro funestou coumplésençou
Qué t'a fa creiré ta mita
T'a fa fairé l'expériençou
Dé n'en pas toujour sé fisa

A ce qué racountoun lei fémou ;
S'aguessés pas creigu d'abor
Cé qué té rappourté la tieounou,
Sarian pas sujet à la mor.

Eis aquélou mita dé poumou
Qu'Evou t'engagé dé mangea,
Qu'ei caousou qué toutei leis homé
Soun oubligea dé travailla.
Faou avoua qué lei fémellou,
Qué malhur n'attiroun jamai,
Eis unou caousou si réellou
Qu'oou proumié vengu lou prouvarai.

Penden qué lei villou coupablou,
Dé Dieou sentissien la furour,
Et qué sei crimé abouminablé
Eroun puni amé rigour,
Lou paouré Lot per sa famillou
N'en fugué-ti pas ben troumpa ?
Puisquou sourtigué dé sei fillou
Dous poplé ennémi dé Juda.

La curiosita d'unou fillou
Fagué dispareissé la fé
Qu'eis habitan d'unou grand'villou
Lei fils dé Jacob avien proumé ;
Ploungé un vieillard din la tristessou.
Vougué jamai s'en counsouia,
Et plouré toutou sa vieillessou
Cé qué seis enfan avien fa.

Dé Joousé l'histoirou célèbrou
Eis un garan dĕ cé qu'ai di.
Amé mai croupi din lei ferré
Qu'oou Seignour dé désooubéi ;
Fugué-ti pas unou impudiquou
Qué coousè toutei sei malhur,
Qué li oulé l'estimou publiquou
Quand réprengué sei fio impur ?

Sen ren diré doou Rei-Prouphétou,
Vous parlarai dé Salamoun,

Qué per sa sagessou parfétou
Erou admira dei natioun ;
Quaou fugué caousou de sa chutou ?
Si n'ei lei fémou qué creigué,
Qué l'engagéroun din lou cultou
Dei dieou en quaou sacrifié.

Mai jusquou vounté vai ma testou ?
Toutei nostei maou soun gari ;
Lou noum dé Mariou m'arrestou ;
Toutei nostei maou soun fini.
Si la mort introu su la terrou
D'unou fémou per l'ou mouyen,
Unon Viergé et tout ensen mèrou
Foulou ei pé l'antiqué serpen.

XLVII. NOEL.

Sur l'air : *Lise chantait dans la prairie.*

Dourmieou coucha dessu l'herbetou
Quan un Angé m'a réveilla ;
M'a dit : régardou la coumetou,
L'announço qué Jésus ei na ;
Leissou aqui tei fédou souletou,
Courré-l'y leou, t'arrestés pa,
Et jogou li su ta musettou
Un noué su ta cansounettou.

Mé sieou vité més en vouyagé
Per ana véiré la Jassen ;
Ai fa rescontré dei très Magé
Qué anavoun touteis ensen ;
Fasien grandou diligençou,
Pourtavoun d'or, dé myrrhou et d'encen ;
Eroun plen dé récouneissençou,
Et d'amour d'aquélou neissençou.

Esten arriba din l'establé,
Ai vi coucha ben paouramen

Aquel Enfan tout adourablè ;
Li ai beisa lei pé humblamen ;
Li ai démanda soun indulgençou ;
A reçu moun picho présen,
M'a dit dé fairé pénitençou,
Qué lou ciel sayé ma récoumpensou.

XLVIII. NOEL.

Sur un air connu.

Guillaoumé. Toni, Pierré,
Jacqué, Glaoudé, Nicoulaou,
Vous an jamai fa veiré
Lou souleou qué per un traou ;
Véné vité, courré vité,
  Aquestou fès
   Lou veirés
  Tan qué voudrés,
Per mai dé dous ou trés.

Dins uno cabanétou
Trouquadou dé tout cousta,
Sensou gis dé lunétou,
Dieou fai veiré sa clarta ;
Et sa Mairé, et sa Mairé
  Qu'eis ooupré d'eou,
   Lou souleou,
  Près dé sei peou,
Semblarié qu'un caleou.

Quan miéjounieu sounavou
Soumeillavé tout esca ;
Nosté gros gaou cantavou :
Cacaraca! cacaraca !
Quaouqu'un cridou, quaouqu'un cridou,
  Jean, lèvou-té,
   Gros paté,
  Habillou-té,
Escoutou aqueou mouté.

Sensou veiré persounou
Oou través dé moun chassis,
Aousé l'Angé qu'entounou :
Gloria in excelsis,
Et in terrá, et in terrá,
Toou! patatoou!
Saouté oou soou
Dé moun linçoou,
Et courré coumé un foou.

Ai vis, noun vous desplaisé,
Un Picho dessu lou fen,
Un homé, un bioou, un asé,
A l'entour d'unou Jassen :
Qué dé joïou ! qué dé joïou !
Dins aqueou lio
Fan un trio,
Et per écho,
L'asé respon : hi! ho !

XLIX. NOEL.

Sur l'air : *C'est un propos, c'est un regard.*

Cher Pastoureou, qué noun anas
Veiré lou Dieou qu'eis dins un jas,
Despacha-vous, sia dé lambin ;
A n'aquesté hourou,
Toutei lei pastourou
Soun per camin.

Leis agnélé toutei jouyoux
Announçoun aqués jour huroux ;
A l'hounour doou divin Poupoun,
Fan la sooutélou
Dessu l'herbétou
Dé tout cantoun.

N'entendés pas dédins leis airs
Leis Angé qué fan dé councerts,

Sembloun diré doou firmamen
    Qu'un Dieou eimablé
    Dins un establé
    Ei su lou fen.

Les ooussélé dédin lei bois
Fan ooussi entendré sei voix,
Sembloun per sei chan, tour-à-tour,
    Din sei bouscagé,
    Li rendré houmagé
    Dins aqués jour.

Formoun d'accor harmounioux,
Sé paou ren oousi dé tan doux ;
Inspira d'un instin divin,
    Chacun respectou
    Sei cansounetou
    Per lou Doouphin.

An vi lei loup din lei hameou
Habita parmi lei troupeou,
Et n'en marcha din lei pradé,
    Sensou maou fairé,
    Hélas ! pécairé,
    Eis agnélé.

Ana doun, mei cher pastoureou,
Adoura aquel Enfan si beou,
Ei vosté Dieou, vosté Sauveur ;
    Anas en bandou
    Li fairé oouffrandou
    Dé vostei cœur.

Hélas ! oou mitan dé l'hiver,
Et dins un jas tout descouver,
Lou beou Poupoun souffrou la fré !
    Ou Rei deis Ángé
    Pourta dé langé,
    Pastourélé.

Eou qué vesti tan ben lei lys,
Et qué dounou ei flour lou coulouris ,
Ei coucha sens habiemen

Dins un establé
Tout détestablé
Dessu lou fen.

Lou trouvaré dins un hameou :
Quitta, Bergié, vostei troupeou ;
Oou beou Doouphin pourta dé tout ;
Din sa masurou,
Amé usurou
Vous rendra tou.

L. NOEL.

Sur l'air du Traquenard.

N'aoutrei sian d'Enfan dé cor,
Qué sian demoura d'accor
Dé s'ana
Prouména
En Judéou,
Galiléou,
Dé sana
Prouména
Oou pays qué Dieou ei na.

Lou beou joun deis Innoucen
Partiren touteis ensen;
La favour,
Aqueou jour,
Nous fai estré
Toutei mestré,
La favour,
Aqueou jour,
Nous donou tous leis hounour.

Jacquét à l'aoubou doou jour,
Foou qué batté doou tambour,
Ei cantoun
D'Avignoun,

Ei carrièrou
Coustumièrou,
Ei cantoun
D'Avignoun,
Per souna sei coumpagnoun.

Puisquou lou picho Loui
Dit qué faou sé réjoui,
Cantaren,
Dansaren,
Faren chièrou
Touté entièrou,
Cantaren,
Dansaren,
Oou défructu qué faren.

Francé dira dé noué
Su lou can dei ménué,
Et Bernar,
Su lou tar,
Per ooubadou
Régaladou,
Et Bernar,
Su lou tar,
Cantara lou traquénar.

Jean-Baptistou emé Pierro
Faran péta lei garro
A l'hounour
Doou Seignour,
Dé soun Pairé,
Dé sa Mairé,
A l'hounour
Doou Seignour
Qu'ei vengu l'ya quaouquei jour.

Proufiten d'aqueou beou jour,
Ai poou qué sara tro cour,
Trouvaren
Et veiren
Qu'après festou

Lou foou restou,
Trouvaren
Et veiren
Qué cler sian et cler saren.

LI. NOEL.

Sur l'air : *Ooupré d'un bon fio*

Lou ciel nous fai présen
D'un Sauveur caritablé,
Qué ven souva lei gen,
Mougra toutei lei Diablé,
Tan mieou. Mougra, etc.   *bis.*

Lei Diablé an beou pioura,
An beou versa dé larmou,
Soun régné eis accaba,
Faou qué rendoun leis armo,
Tan mieou. Faou qué, etc.   *bis.*

Lei picho Diabloutins
N'en jogoun dé soun restou.
Per calma sei chagrins,
Aucun moyen li restou ;
Tan mieou. Aucun mouyen, etc.   *bis.*

Din l'infer counfoundu
Nous faran plus la guerrou,
Nous désoularan plus ;
La pax ei sur la terrou,
Tan mieou. La pax, etc.   *bis.*

LII. NOEL.

Sur l'air : *Du Postillon , etc.*

Mé sieou pléga
Et ben amaga

Dédin ma flassadou,
Aquestou vespradou :
Veici qué moun chin,
Toujou plu badin ,
   .Bringoulou,
    Gingoulou
Darnié moun couissin ;
Et puis à la fin ,
    Lou foou ,
    Qu'a poou ,
    Mé grattou
    Dei pattou
Lei tentou doou coou ;
A tant varailla ,
Qué m'a réveilla.

   Ai vis en l'air
Un Angé tout vert ,
Qu'avié dé grans alou
Darnié leis espalou ;
Parmi sa clarta
Ai vi sa beouta ,
    Sa minou
    Fort finou
Et sa majesta ;
S'ei més à canta ,
    Sa voix
    Ei bois
    Résounou ,
    Frédounou
Plus haou qu'un ooubois ;
Jamai taou plési
Qu'aqueou dé l'oousi.

   Yeou ai souna
Toutou la meina ;
Chacun sé réveillou
Et prestou l'ooureillou ;
Sito qué l'an vi
Et qué l'an oousi ,

Sa graçou ,
Sa façou ,
Leis a réjoui ;
Soun esta ravi
Quan n'a
Douna
La beilou
Nouvellou
Qué Jésus ei na :
An tous fach un saou
Dessu lou coutaou .

LIII. NOEL.

Sur un air connu.

O Mortels ! essuyez vos pleurs,
Touché de vos soupirs, sensible à vos malheurs,
Le ciel ouvre son sein, et la terre féconde
Enfante le Sauveur si longtemps attendu ;
Il apporte la paix au monde,
Et vient lui redonner ce qu'il avait perdu.

Le premier prévaricateur,
Adam, par son orgueil, nous plongea dans l'erreur :
Il ne nous reste plus qu'un affreux esclavage,
Le péché, des douleurs, le trépas, les enfers.
Hélas quel funeste héritage !
Quel bras assez puissant pourra briser nos fers!

Fils de Dieu, mon libérateur,
Un sort si déplorable attendrit votre cœur !
Vous descendez pour nous du trône de la gloire :
Pour satisfaire à Dieu, vous vous rendez mortel ;
Votre amour faisant ma victoire,
Pour me justifier vour rendra criminel.

Il paraît, ce divin Sauveur,
Non parmi les éclairs, la foudre, la terreur ;
Son amour, sa douceur, désarment sa justice :

La forme d'un enfant il emprunte aujourd'hui :
    Ce Dieu, dans sa bonté propice,
S'abaisse jusqu'à moi, m'élève jusqu'à lui.

    Saint Enfant, je tombe à genoux
Aux pieds de ce berceau ; je reconnais en vous
Mon Dieu, mon Créateur, mon Sauveur et mon Père ;
Dans cet abaissement je reconnais mon Roi ;
    Et cet humiliant mystère,
Au lieu de l'affaiblir augmentera ma foi.

    Cette foi conduit les pasteurs ;
En entrant dans l'étable ils vous offrent leur cœur :
Vous m'appelez comme eux aux pieds de votre crèche.
J'y cours avec transport, rien ne m'arrêtera :
    Je sens aussi que tout me prêche
Que vous voulez mon cœur, saint Enfant, le voilà.

LIV. NOEL.

Sur l'air : *Je ne m'aperçois guère.*

  Soun trés homé fort sagé
Qué van en Béthélem,
Leis appéloun dé Magé,
Parçou qué soun saven.
Soun très homé fort sagé , etc.

  Unou nouvellou estellou,
Doou cousta doou Lévan,
Fort brillantou et fort bellou,
Li parei oou davan.
Unou nouvellou estellou, etc.

  Saboun l'astrologiou
Per poudé dévina,
Et la philosophiou
Per poudé résouna.
Saboun l'astrologiou, etc.

  An jugea qué l'estellou
Ei lou signé doou Rei

Qu'ei na d'unou Pieoacellou
Per nous douna sa lei.
An jugea qué l'estellou, etc.

An vi la prouphétiou,
Et soun esta counten ,
Qué dit qué lou Messiou
Vendra dé Béthélem.
An vi la prouphétiou, etc.

Sé soun més en vouyagé
Per ana l'adoura ;
Eiça su lou passagé
Yeou lei voou espéra.
Sé soun més en vouyagé, etc.

LV. NOEL.

Sur l'air : *Non , je ne vous le dirai pas.*

Lei Magé din Jérusalem
An démanda à proun dé gen :
Douna-nous dé nouvellou
D'un Rei quei na l'y a pas lon-tem ;
Aven vi soun estellou.

Lou Rei Hérodou a gran poou,
Et toutou la villou s'esmoou
Dé veiré dé gen sagé
Qué cerquoun un Rei dei Jusioou
Qu'ei na oou vésinagé.

Hérodou lei mandou souna,
L'y fai signé dé s'énana,
L'y dit su sa partensou :
Cerqua m'aqueou Rei nouveou na,
Et fasé diligençou.

Quan oouré trouva lou Peti,
Fasé qué venguè m'averti ;
Por l'y ana rendré hooumagé,

Aussitot mé veiré parti
Am'un gran équipagé.

A la fin lei Magé s'en van,
Et l'estellou marchou davan ;
Ren dé plus admirablé !
Per l'y mounstra vount'ei l'Enfan,
S'arretou su l'establé.

Soun descendu dé sei cameou,
An adoura lou Rei nouveou,
L'y an ouffert à sa guisou
Tout lou plus raré et lou plus beou
Qu'avien din sei valisou.

Vaoutrei qué sias tous gen dé sen,
Counsidera ben lei présen
Qu'an fach oou Rei dé gloirou ;
L'or et la myrrhou amé l'encen
Mettran fin à l'histoirou.

LVI. NOEL.

Sur l'air : *Vous dirai ben moun noum.*

Sé vaoutré sia counten
Dé cé qu'an dit lei pastré,
Vous dirai quaoucarren
Dei Rei de l'Orien
Qué van aprés un astré
Jusques en Béthélem.

Elei, tout en passan,
Vésoun lou Rei Hérodou,
Et li disoun qué van
Veiré un Rei for puissan,
Qué s'an lou ten coumodé,
Din trés jour tournaran.

Et coumé fan gran cas
Dé la nouvellou estellou,

7

La suivoun pas à pas ;
Lei ménou din un jas
Vount'érou la Picoucellou
Am'un enfan oou bras.

Après qu'an admira
Lou beou Rei qué cerquavoun,
Toui très l'an adoura,
Et pici l'an hounoura
Dei présen qué pourtavoun,
Et sé soun retira.

Hérodou, cépandan,
Espèrou lei nouvellou,
Leis armou à la man,
Per ana quatécan,
Din sa rageou cruellou,
Fairé mouri l'Enfan.

L'Angé, qué lou connei,
Ven averti lei Magé :
Tournès plus vers lou rei,
Car n'a ni fé ni lei ;
Crésè-mé, si sias sagé,
Leissa l'aqui vount'ei.

Elei sortoun doou jas
Plus vité qu'un avèrou,
S'en van d'un aoutré las,
Hérodou lou soou pas,
Encarou leis espèrou
Am'un gran pan dé nas.

LVII. NOEL.

Sur l'air : *Il faut pour Endremcnde.*

Vers lou pourtaou San-Lazé
Un pastré, dé matin,
Vénié lon doou camin,
Mounta dessu soun asé :

Li ai dit : gai pastoureou,
L'y a-ti ren dé nouveou?

  A bouta sa mounturou
A l'abri d'un bouissoun,
Et puis à sa façoun
M'a dich unou avanturou
Jamai n'ai ren oousi
Amé tant dé plési,

  Quan m'a dit qué Mariou,
Reinou doou Paradis,
Avié fach un beou Fils
Qu'érou lou vrai Messiou,
Et qu'eou, en gran respé,
L'y avié beisa lei pé.

  M'a ben di d'aoutrei caousou
Qué yeou noun vous dieou pas,
Surtout d'un marri jas
Vounté l'Enfan répaousou;
Et puis s'eis enana,
Parçou qué l'an souna.

  A destaca soun asé
Et li a mounta dessu;
M'a dit : bon jour, Moussu,
Mai qué noun vous desplaisé,
M'en voou vous diré adieou,
Souvénès-vous dé yeou.

  Ai pré moun escritori,
Ai bouta per escrit
Tout cé qué m'avié dit,
Et dé fresquou mémori;
Su l'air qué vous savé,
Ai fach aqués nouvé.

LVIII. NOEL.

Sur l'air : *Berger, va-t'en à tes moutons.*

Doou tem dé l'empirou Roumau,
L'y a mai dé millou et huït cents ans,
Lorsqué téniè l'Afriquou,
Qué l'Europou érou sous sa man,
L'Asiou et l'Amériquou.

César Augustou, l'empérour
Digué ci princé dé sa cour :
Qu'un chascun mé ségoundé ;
Foou qué saché din quaouquei jour
Quan l'y a dé gen oou moundé.

Millou courrié, millou piétoun',
S'en van per cairé et cantoun ;
Fan pertout fairé cridou
Qué chacun donnara soun noum,
Sous pénou dé la vidou.

L'y avié din toutei lei cita
Dé coumissari députa
Per prendré leis hooumagé,
Lei noum, surnoum et qualita
Dei gen doou vésinagé.

La troumpettou dé Nazaré
Metté leis habitan su pé ;
Tout lou mounde s'empressou
D'ana vité fairé soun fé,
Per évita la pressou.

Mariou digué à Joousé :
Chacun s'en vai, vous lou vésé,
Ai oousi la troumpettou ;
Parten déman, sé mé crésé,
Et ménen la sooumettou.

Lou lendéman . toui dous ensen
Exécutèroun soun dessen ;
    L'y avié tro grand journadou .
Quan fuguéroun à Béthélem .
    Fugué gran nieu sarradou.

LIX. NOEL.

SUR LA VEILLE DE NOEL.

Sur l'air de la Marche des Turcs

La veillou dé nouvé,
    Sai pas si savé ,
Chascun pensou à seis affairé :
Lei trissoun et lei moulairé,
Dé cent pas leis entendé :
    Lei cuillièrou ,
    Lei tartièrou .
Lei grasillou et lei sartan.
Aqueou soir tout aco eis à man.

Dessou lou pourtaou Pen
    Ai vis forçou gen
Qué s'en van ei révendairé .
Ramplis dé grans escooufairé
D'oli lou plus excellen ,
Per fairé dé panadou,
    Dé croustadou .
Et d'aquélei bon crespeou :
An ooussi d'oli doou gaveou.

Van poousa cachafio
    Amé tout aco ,
Amai an ben d'aoutrei caousou :
Vésé forçou cacalaousou
Gargoutadou din lou po.
    Dé doouradou
    Grasiadou .
Toutou sortou dé peissoun ;
Aco ei la modou d'Avignoun.

Anieu mangeoun dé tout,
Dé fruit, dé ragout,
Tout aco vai à merveillou ;
Aqués soir eis unou veillou
Qué se mangearié lou loup ;
Dé counfiturou,
Turou lurou,
Dé vin blan et dé nouga,
Dé pertout vésé mastéga.

Déman qué sara gras,
L'y a dé bon répas,
Vésé tout lou moundé en ayou;
Lou mooutoun et la voulayou,
L'y a pertout qué dé fracas ;
Lei poulardou,
L'on lei lardou,
Lei galinou amai lei gaou,
Lei capoun amai lei lébraou.

Chascun sé diverti,
L'y a dé bon pasti,
Dé ragou, dé carbounadou,
Vésé lei dindou embrouchadou,
Manquou qué bon appéti ;
Lichafroyou
Ménou joyou ;
L'asti eis un instrumen
Qué ren tout lou moundé counten.

Vésé dé calendaou
Qu'an mai d'un pan d'haou,
Emé dé fougassou oou burré,
Aco vai ben mai qué duré ;
La joua ei din leis houstaou :
Sous la taoulou
Lou ca miaoulou,
Lou chin fai qué gingoula,
Espinchou cé qu'ei pendoula.

Toutei leis artisan
An dé bon pan blan,

N'en fan dé lesquou doouradou
Amé forçou cassounadou.
Quan sortoun dé la sartan ;
    Dé bougnettou,
    D'ooureillettou,
Dé sooucissou et dé boudin.
Jamai s'ei vi tant dé festin.

    Quan patapan ei plen
    Chascun ei counten,
N'ei pas bésoun dé lou diré ;
La bonou vidou fai riré
Surtout quan durou lon tem ;
    Din lei festou
    Chascun restou
Enferma din seis houstaou
Per rousiga lou calendaou.

    Yeou vous enseignarieou,
    Et faricou ben mieou
Qué noun pas tant dé mangeoyou.
Car la véritablou joyou
Ei d'ama ben lou bon Dieou ;
    Sa neissençou,
    Sa présençou
M'a ravi, sieou tout charma,
Fuguen jamai las dé l'ama.

    Voudrié ben mieou soungea.
    Noun pas tant mangea,
Oou salut dé nosteis amou ;
Aqueou divin Sauveur blamou
Tout cé qu'eis immoudéra :
    Din la crèchou
    Jésus prèchou
Qué sé foou mourtifia ;
Ei vengu per nous l'enseigna.

LX. NOEL.

Sur l'air : *Nicolas va voir Jeanne.*

Micoulaou, nosté pastré,
　　Aqueou gros palo,
Vai countempla leis astré
Coumé fan leis Astrolo ;
Tu parlés ben raou, Micoulaou.
Lou séren t'ooura fa maou.

　　Vésé unou troupou d'Angé
　　Qué sembloun d'oousseou,
Qué cantoun lei louangé
D'un pichot enfan tan beou ;
Ren noun té fai gaou, Micoulaou ;
Foou ben qué siégués malaou.

　　Disoun que Nosté-Seigné
　　Nous mando soun Fiou,
Déven pas plus ren crégné,
Sian lei ben ama dé Dieou.
Eiço vai pas maou, Micoulaou,
Lévou-té, siès plus malaou.

　　Pastré, si vous sias sagé,
　　Doublaré lou pas
Per ana rendré houmagé
Oou picho qu'ei din lou jas ;
Leissou lou bestiaou, Micoulaou,
Et davalou doou coutaou.

　　Aquestou nieu ei brunou,
　　Lou tem ei ben sour,
Veiré pas ren la lunou,
Qué noun siégué casi jour.
Portou lou fanaou, Micoulaou;
Qué dégun noun prengué maou.

　　Porta vostei flassadou
　　Et vostei caban,

Car fai unou jaladou
Qué fara bouffa lei man ;
Pren toun gros jargaou, Micoulaou,
Fai mai dé fré qué dé caou.

Caou pren soin dé sa vidou
Per jamai soun tem,
La biassou ben garnidou
Fai ana l'homé counten :
Portou toun barraou, Micoulaou,
Emé toun gros calendaou.

Aquestei bouei festou
Counfessa-vous ben.
Sen vous metré à la testou
Leis affairé doun tem ;
Vagué ben ou maou, Micoulaou,
Tout anara coumé faou.

LXI NOEL.

Sur l'air : *Mariez-moi, ma mère.*

Pastré dé la mountagnou.
Descendé eiça bas,
Dédin vostou campagnou
Un Sauveur vous ei na ;
Dins un marrit establé
Qu'eis ouvert dé pertou,
Aquel Enfan eimablé
Ven per lei pécadou.

La charmantou nouvellou !
Yeou vous véné averti,
Sé vei plus gis d'estellou,
Lou souleou ei sourti ;
Aquestou nieu ei pu clarou
Qué hier su lei mieijour;
Eis unou caousou rarou
Qué la nieu fugué jour.

Béthélem ei la villou
Qu'agu lou mai d'hounour,
A reçu lou Messiou,
Lou divin Rédemptour ;
Ben leou veiren lei Magé
Qué la démandaran,
Per ana rendré houmagé
A n'aqueou bel Enfan.

Lou proudigé eis estrangé
Dé veiré aquel Enfan
Muda dédin dé langé,
Paouré, humblé, souffran ;
Ven calma la coulérou
Dé soun pérou irrita,
Et sé fai nosté frèrou
Per nous récouncéya.

Adam a fa la faoutou,
A doublamen péca,
Aco ei la gran caousou
Qué Dieou s'eis incarna ;
Din lou scin d'unou Fillou
A démoura noou més,
Dé la plus grand famillou
Qué l'y aguessé aoutreifés.

Dé la raçou rouyalou
Sourté aqueou trésor,
Dé la sacerdotalou,
Qué respectavoun for ;
N'y a pas agu soun égalou,
Ni jamai n'y ooura gin,
Sa mèrou érou sante Annou,
Soun pèrou, san Joacbim.

Eis estadou chousidou
Dessu tout l'Univer,
Ei la Fillou chéridou
Doou païs d'Israèr;
A counçu lou Messiou,
Ooujourd'heui l'a enfanta:

Vivou, vivou Mariou,
Et soun Fils nouveou na !

Lou ciel, l'infer, la terrou,
Fléchissoun lou ginoun,
Davan aqueou mystérou,
Soun din l'admiratioun ;
Satan frémi dé ragè,
A perdu soun proucès,
Pagara lou doumagè,
Amai toutei lei frès.

LXII. NOEL.

Sur l'air : *Ah ! s'il est dans votre village.*

Si dessou l'empirou doou diablé
Aven gémi penden lontem,
Arou sian vengu oou beou tem.
Saren plus du tout misérablé :
Erian perdu sen l'Enfantoun
Qué ven paga nostou rançoun.   *bis.*

Quan Dieou placé l'homé su la terrou,
L'avié créa per estré hurous ;
Mai à n'aqueou bonhur tan dous
Lou diablé y fasié la guerrou.
   Erian perdu, etc.

La faoutou dé nosté proumié pairé
Avié perdu sei descendan ;
Mai aqueou Dieou s'ei fach enfan :
D'unou Viergé n'a fa sa mairé :
   Erian perdu, etc.

L'innoucençou doou proumier âgé
Qué dévié dura tan lon-tem,
Disparégué amé lou tem
Dé nostei proumié patriarchou.
   Erian perdu, etc.

A dé dieou fabrica dé peirou
L'univers oouffrissié d'encen,
Et si n'érou aquel Innoucen
Pourrian ben lou diré et lou creiré
   Qu'érian perdu, etc.

Mai per soouva l'homé coupablé
Dieou sei vengu fairé mourtaou ;
Coucha entré dou animaou,
Fai soun palai d'un paouré establé.
Humain, témoigna-li l'amour
   Qu'avé per aquélou favour.

LXIII. NOEL.

Sur l'air : *Tout le village ignore.*

Le Sauveur vient de naître,
Mortels, consolez-vous,
Pouvait-il jamais être
Pour vous un sort plus doux ?
L'amour l'a fait descendre
Du sein de sa splendeur ,
S'il naît c'est pour vous rendre
La paix et le bonheur.

Mais je le vois paraître
Sans pompe et sans éclat.
Ciel ! peut-on reconnaître
Un Dieu dans cet état ?
Dans une obscure étable
Je vois le Tout-Puissant ;
L'Eternel, l'Immuable,
Prend les traits d'un enfant.

Ah ! si ce Dieu s'abaisse,
N'en soyons pas surpris :
Cet état de faiblesse,
C'est pour nous qu'il l'a pris.

L'éclat de sa présence
Eût pu nous alarmer :
Il voile sa puissance
Pour mieux se faire aimer.

La douceur, l'allégresse
Qui brillent dans ses yeux,
Nous sont de sa tendresse
Un gage précieux :
Pourrions-nous à ces charmes
Refuser notre cœur ?
Tout doit rendre les armes
A ce charmant vainqueur.

Mais, d'où viennent ces larmes
Qui coulent sur son sein ?
Quelles vives allarmes
Troublent son front serein ?
C'etait peu de l'enfance
Pour prouver son amour.
Faut-il que la souffrance
Nous le prouve à son tour !

Tempère ta froidure
Aquilon rigoureux,
Le Roi de la nature
Vient habiter ces lieux ;
Respecte sa présence ;
Et que le doux zéphir,
Calmant ta violence,
Arrête ses soupirs.

Que dis-je ! s'il soupire.
S'il pleure amèrement,
L'air glacé qu'il respire
Ne fait point son tourment.
De notre délivrance
Il se fait un plaisir ;
Mais notre indifférence
Seule le fait souffrir.

Par un retour sincère
Faisons tarir ses pleurs ;
Rien ne saurait lui plaire

S'il n'obtient pas nos cœurs.
Si pour nous sa clémence
Le fait naître aujourd'hui,
Que la reconnaissance
Nous fasse vivre en lui.

LXIV. NOEL.

Sur un air connu.

Quan l'Angé n'agné announça
Qué dins un marrit establé
Lou Fils dé Dieou érou na,
Chascun pensé dé l'y ana,
Noun pas tant per l'adoura,
Coumé per li démanda
Cé qué crésié counvénablé
Per rapport à soun état.

Lei Bergié soun lei proumié
A li rendré seis houmagé,
Ennuya dé soun mestié,
L'y anéroun fort voulountié :
Seigneur, ben estré vous sié ;
La bonou Viergé Marié.
Tira-nous dé l'esclavagé,
Voulen plus estré Bergié.

Votre état, Bergers chéris,
A su me plaire à moi-même,
Il faut bien qu'il ait son prix,
Car pour moi je l'ai choisi.
Les hommes sont mes brebis,
Avec soin je les nourris :

Pourriez-vous, pour ce que j'aime
Concevoir tant de mépris ?

Lei Païsan l'an sachu,
A l'eissadou rénouncèroun,
Lei païsan l'an sachu,
Sé crésien déjà moussu ;
Mai fuguèroun ben toundu
Quan n'aguèroun lou réfus;
Sé gratèroun, sé fretèroun,
N'en semblavoun dé statu.

Leis artisan, à soun tour,
Fuguèroun dé la partidou,
Leis artisan, à soun tour,
L'y anèroun fairé la cour :
L'y a lontem qué travaillan,
S'à la fin sé poousavian,
La favour sarié ben grandou,
Et dé vous sé souvendrian.

L'homme est fait pour travailler,
Un artisan est mon père ;
L'homme est fait pour travailler,
Comme l'oiseau pour voler.
Cessez donc de murmurer,
Dans le ciel tâchez d'entrer,
Alors, exempts de misère,
Vous pourrez vous reposer.

Proucurour et avouca
N'en fermèroun sei boutiquou,
Proucurour et avouca
Aqueou jour féroun féria.
Seignour, lou travai vai pas,
Sensou proucès sian à bas :
Ou douna-nous dé pratiquou
Ou quitten nostei rabas.

Je suis le Dieu de la paix,
Je l'apporte sur la terre ;
Je suis le Dieu de la paix.
Et vous voulez des procès ?

Renoncez-y pour jamais,
Si votre salut vous plaît,
Et que cette unique affaire
Vous occupe désormais.

Lei damou manquèroun pa
Dé l'y ana fairé la révérençou :
Anèroun li démanda
La gloirou et la vanita ;
Mai, à forçou dé parla,
Elei s'entendèroun pa,
N'en perdèroun counténençou :
Jamai s'ei vi taou saba.

Au Dieu de l'humilité
Demander sans révérence
La gloire et la vanité,
C'est grande témérité ;
Demandez la chasteté.
La sainte simplicité,
Pour recevoir récompense
Du bien que vous aurez fait.

Li pourtèroun lei malaoû ;
Dieu qué n'y avié un spectaclé,
Li pourteroun lei malaou,
L'establé érou un espitaou ;
Chacun cridavou pus haou :
Seignour, soulagea m'un paou ;
Sé voulé fairé un miraclé,
Toutarou ai plus gis dé maou.

Lei bouitous l'y soun ana,
Crésien dé leissa sei crochou ;
Lei gibous, dé soun cousta,
Crésien dé révéni pla :
Mai coumé li soun ana
Elei sé soun rétourna.
Mé mei crochou, mé mei bossou !
L'Enfan leis escouté pas.

Leis avuglé, à soun tour,
Fuguèroun dé la partidou.
Leis avuglé à soun tour
Cridavoun coumé dé sour :
Fés qué l'y véguen, Seignour :
Hélas ! sian ben malhurous !
N'ei pas joui dé la vidou
Qué d'estré priva doun jour.

Vous pensez à parvenir
Quand votre maître s'abaisse.
Vous pensez à parvenir
Quand je viens m'anéantir.
Allez, aimez de souffrir.
C'est le moyen d'obtenir
La magnifique promesse
Que j'ai fait pour l'avenir.

Lei paouré, en rouvillen.
L'y anéroun en diligençou,
Lei paouré, en rouvillen,
Demandavoun forçou argen :
Hurous soun lei grossei gen.
Jamai n'en mauquoun dé ren :
Seignour, sian din l'indigençou,
Douna-nous doun quaouquarren.

Unou troupou dé gusas
Qué mourien dé fan, pécairé.
Unou troupou dé gusas
S'attroupéroun din lou jas :
A n'un li manquavou un bras,
L'aoutré n'avié gis dé nas,
Leis aoutrei amé sei biassou
Démandavoun dé manja.

Savez-vous que votre sort
Est un sort fort honorable?
Savez-vous que votre sort
Contre l'enfer vous rend fort.

8

Ah ! préférez ce trésor
Aux richesses, à cet or
Que nous trouvons méprisable
En approchant de la mort.

Leis avaré, poou counten
Doou trésor qué poussédavoun,
Leis avaré, poou counten
Soun ana en Béthélem :
Seignour, sian dé paourei gen.
Fai chier vicouré en aqués ten.
Lei vésia qué desparlavoun,
Mounstravoun un pan dé den.

LXV. NOEL.

Sur l'air : *Personne n'est exempt.*

Ai rézoulu dé fairé un viajé
Oou bon péis dé Bétélén :
Ai prépara moun équipàjé ;
Pârtè déman sèn créndré rèn.
N'ài pas pôou d'èstré arresta,
Bèn qué y âgué dé tout cousta
   Dé jèn en sèntinéle ;
Ai moun bon byé dè santa ;
   Vôou veiré la pidoucèle.

M'an déféndu, et l'ài én tèste,
Dé pas passa pèr Avignoun,
Ville afflijâde dé la pèste,

Ce noël fut composé, le 22 décembre 1721, par Phi-
lippe-Guillaume Salvatori, notaire de Carpentras , à
l'occasion de la peste qui sévissait à cette époque à Avi-
gnon et dans quelques lieux du Venaissin, et qui res-
pecta Carpentras, graces aux mesures prises sous le
rectoral d'Octave Gasparini. Il indique les localités qui
étaient pour lors envahies par le fléau.

Côûmé Mountéou, Sorgue et Côoumoun :
D'évita lou lio dè Sarrian,
Bédarride et séis habitan,
  Castèou-Nòou, sôun terrairé.
Lou lio dé Pérne qu'ei passan,
  Ei cé qué vôlé fàiré.

 Pèr arriba én assurance
Moûnté lou Méssié ei na,
Mé foudra passa pèr la France :
Intrarai pèr lou Dòoufina ;
Aqui l'on vâi tout-à-fè bèn ;
Y a jis dé môou jusqu'à prézèn ;
  Oourâi libré passàjé ;
N'arrestoun ségur pas léi jèn
  Qué fan un tâou vouyâjé.

 Ai tro pòou dé la quarantène,
Crénte d'y èstré parfuma ;
Evitarai dòun sènse péne
Lei lio qué vène dé nouma,
Et lou Thor qué n'ei soupçouna.
Léis âoutréi qué soun counsigna ;
  Evitarâi Gadagne :
Eis ansin qué fòou rézouna
  Pèr sé tira dé lagne.

 Quand sarâi arriba à l'éstâblé,
Adourarâi moun Rédantour :
Li dirâi : « Sias moun tout éimablé,
» Sias moun apuis et moun sécour ;
» Iéou vous vène ôoufri pèr prézèn
» Moun âme, moun cor et moun bèn :
  » Vous préné pèr moun guide,
» Et iéou vous amarâi tous tèn ;
  « Vous counsâcré ma vide.

 • Vous qu'aménas la pas én térre,
» Espérén dé vòste bounta
» Qué méttrès fin à la mizère
» Déi môou qué soun din lou Counta ;

» Et bénirès dins aqués jour
» Lei souin dé nosté gouvèrnour,
  » Séi péne sènz égale ;
» Et sara lou libératour
  » D'aquéste capitale. »

LXVI. NOEL.

Sur l'air : *Que Pantin.*

Pâouré dè la Carita,
Vous appôrté une nouvèle ;
Pâouré dé la carita.
Vous prégué dé m'escouta.
Lou Fis dè Diéou incarna
Anieu pôouramén éi na.
Lou fòou pas dé ma cervèle ;
Leis Angé l'an announça.
Pâouré dé la Carita,
Vous apporté une nouvèle ;
Pâouré dé la Carita,
Vous prégué dé m'escouta.

Vâoutréis, vous plagnié souvèn
Qué sia na din l'indijènce ;
Vâoutreis, vous plagnié souven
Dé cé qu'avès jis dé bèn.
Envéja léi grôsséi jèn
Qué dizoun qu'an force arjèn ;
Cépéndèn, à sa neissènce
Lou Fis dé Diéou n'a dé rèn :
Vâoutréis, vous plagnié souvèn
Qué sia na din l'indijènce ;

' Ce noël fut composé, en 1796, par l'abbé Claude-
iffrein Duplessis, oncle du célèbre peintre de ce nom,
natif de Carpentras, pour les pauvres de l'hospice de
la Charité de cette ville.

Vàoutréis, vous plagné souvèn
Dé cé qu'avès jis dè bèn.

Dizè qué sia mòou nourri ;
Presqué chacun n'èn murmure :
Dizè qué sia mòou nourri.
Mòou louja et mòou vésti.
Transpourtz-vous, méis ami,
En Bétélèn en éspri ,
Et véirè qu'une mazure
Ei l'oustàou dé Jézu-Chri.
   Dizè qué sia mòou nourri, etc.

Jouiné. vièi, fie et garsoun,
Qué vous créze mizérable :
Jouiné. vièi. fie et garçoun.
Jézu vous fài la liçoun.
Muda dins un pàouré haïloun.
Eis ésténdu sen façoun
Din la crûpi d'un éstable.
Su lou fén : fài coumpassioun.
   Jouiné. vièi. etc.

Sabè-ti qué vòsté sort
Eis un sort fort ounouràblé ;
Sabè-ti qué vòsté sort
Contre l'infèr vous rend fort ?
Vòou bèn mieou aquéou trézor
Qué d'èstré tout carga d'or :
Eis un fèt bèn véritàblé,
Ou l'Evanjile oourié tort.
   Sabè-ti, etc.

Ana doun en Bétélèn
Oou pàouré Enfan rendré òoumàjé ;
Ana doun en Béthélèn
Et parté toutéis énsèn.
Li voudria fàiré un prézèn :
Mài sènté qué n'avè rèn
Qué vòsté cœur pèr partajé :
Aco suffi ; n'éi counten ;
   Ana doun, etc.

Vôsté digné capélan
, marchara à vôsté tèste,
Vôsté digné capélan
Vous fara béiza l'Enfan :
Ooufrira vôsté rèspè
A sa Mèré, à San Jôouzé.
Et pui su lou toun déi féste
Cantarè vôsté noué.
Ana doun, etc.

NOTA. Ce noël et le précédent, jusqu'à présent inèdits,
nous ont été communiqués par l'auteur du *Dictionnaire
historique, biographique et bibliographique du département
de Vaucluse.*

FIN DES NOELS.

PRATIQUE DE DÉVOTION

POUR HONORER

LE TRÈS-SAINT ENFANT JÉSUS

PENDANT LA QUARANTAINE DE NOEL.

OFFRANDE DU CHAPELET.

O Verbe incarné, très-saint et très-adorable Jésus, je vous offre ce Chapelet que je vais dire, pour vous remercier de toutes les graces que votre naissance a procuré aux hommes, et pour vous demander toutes celles dont j'ai besoin.

Très-sainte Vierge, je vous reconnais et vous honore comme la mère du très-saint Enfant Jésus, et en cette qualité je vous supplie très-humblement de m'obtenir de ce divin Enfant toutes les graces que je lui demande par cette prière. *Credo, etc.*

Offrande de la première Dizaine.

Très-saint Enfant Jésus, je vous offre cette première dizaine pour honorer l'incomprehensible anéantissement dans lequel vous vous êtes réduit en prenant notre faible nature et en vous assujettissant à toutes nos misères. Faites, divin Enfant, qu'animé par vos exemples, je descende jusques dans le centre de mon néant, et que convaincu de mon extrême misère, je ne cherche en toutes choses que mon propre abaissement.

Très-sainte Vierge, qui, ayant été élevée à l'auguste qualité de Mère de Dieu, vous êtes toujours regardée comme la plus humble de ses servantes, obtenez-moi de votre divin Fils la précieuse vertu de l'humilité, la force de me complaire dans les humiliations, et une horreur extrême pour les honneurs et les vanités du siècle. *Pater, etc.*

Offrande de la seconde Dizaine.

Très-saint Enfant Jésus, je vous offre cette seconde dizaine pour honorer votre extrême pauvreté dans l'étable de Bethléem, où vous êtes né, privé de tout secours humain, couché sur un peu de paille et échauffé par deux vils animaux. Faites, divin Enfant, qu'à votre imitation, je chérisse la pauvreté, j'en exerce les pratiques et j'en supporte avec joie toutes les incommodités.

Très-sainte Vierge, qui avez imité en toutes choses la pauvreté de votre divin Fils, obtenez moi la grace d'aimer et de pratiquer cette divine vertu. *Pater, etc.*

Offrande de la troisième Dizaine.

Très-saint Enfant Jésus, je vous offre cette troisième dizaine pour honorer l'état de souffrance et de victime dans lequel vous avez voulu naître, en choisissant la saison la plus rude de l'année, l'incommodité d'un long et pénible voyage, et en souffrant le mépris et les rebuts des habitants de Bethléem. Faites, divin Enfant, que cet empressement que vous avez témoigné pour les souffrances m'inspire le dessein d'embrasser avec joie et avec amour toutes les croix que votre Providence me destinera.

Très-sainte Vierge, qui avez partagé avec votre divin Fils le calice amer de ses souffrances, obtenez-moi la grace de marcher avec zèle dans la pénible carrière de la mortification chrétienne. *Pater, etc.*

Offrande de la quatrième Dizaine.

Très-saint Enfant Jésus, je vous offre cette quatrième et dernière dizaine pour honorer l'obéissance que vous avez voulu pratiquer, même avant que de naître, en vous soumettant aux ordres ambitieux d'un empereur superbe, et en vous assujettissant à la pénible loi de la circoncision. Faites, divin Enfant, qu'animé par votre exemple, je me porte avec ardeur à l'accomplissement de votre loi sainte, et que je me soumette aveuglément aux ordres de ceux qui ont droit de me commander.

Très-sainte Vierge, qui avez été si obéissante aux

ordres de Dieu, et qui avez obéi même à ceux d'un empereur idolâtre, obtenez-moi la grace de vaincre cette propre volonté qui me domine, et que je sois bien persuadé que l'obéissance est plus agréable à Dieu que le sacrifice. *Pater, etc.*

CONCLUSION.

Recevez, très-saint Enfant Jésus, la prière que je viens de vous adresser pour honorer votre sainte Enfance, et accordez-moi les graces que je vous ai demandées.

Très-sainte Vierge, daignez présenter mon humble prière à votre cher Fils, afin qu'il m'accorde les graces que je lui demande : et prenez-moi, je vous en supplie, sous votre puissante et particulière protection.

LES LITANIES

DE LA SAINTE ENFANCE DE JÉSUS.

Kyrie, eleison.
Christe, eleison.
Kyrie, eleison.
Jesu Infans, audi nos.
Jesu Infans, exaudi nos.
Pater de cœlis Deus, miserere nobis.
Fili Redemptor mundi Deus, miserere nobis.
Spiritus sancte Deus, mis.
Sancta Trinitas unus Deus, miserere nobis.
Infans Jesu Christe, mis.
Infans Deus vere, mis.
Infans Fili Dei vivi, mis
Infans Fili Mariæ Virginis, miserere nobis
Infans ante luciferum genite, miserere nobis.
Infans Verbum caro factum, miserere nobis.
Infans sapientia Patris, m
Infans integritas Matris, m.

Infans Patris unigenite,
Infans Matris primogenite,
Infans imago Patris,
Infans origo Matris,
Infans Patris splendor,
Infans Matris honor,
Infans æqualis Patri,
Infans subdite Matri,
Infans Patris deliciæ,
Infans Matris divitiæ,
Infans donum Patris,
Infans munus Matris,
Infans Partus Virginis,
Infans Creator hominis,
Infans Deus noster,
Infans Frater noster,
Infans viator in gloria,
Infans comprehensor in via,
Infans vir ab utero,
Infans senex à puero,
Infans Pater seculorum,
Infans aliquot dierum,

Miserere nobis.

Infans vita lactens ,
Infans Verbum silens ,
Infans vagiens in cunis ,
Infans fulgurans in cœlis,
Infans terror inferni ,
Infans jubilus Paradisi ,
Infans tyrannis formidabilis ,
Infans Magis desiderabilis,
Infans exul à populo,
Infans Rex in exilio ,
Infans idolorum eversor,
Infans gloriæ Patris zelator,
Infans fortis in debilitate,
Infans potens in exilitate,
Infans thesaurus gratiæ,
Infans lucerna gloriæ ,
Infans fons amoris,
Infans origo sanctitatis,
Infans instaurator cœlestium ,
Infans reparator terrestrium ,
Infans caput Angelorum,
Infans radix Patriarcharum ,
Infans sermo Prophetarum,
Infans desiderium gentium,
Infans gaudium Pastorum,
Infans lumen Magorum,
Infans salus infantium ,
Infans expectatio justorum,
Infans Doctor sapientium,
Infans primitiæ sanctorum omnium,
Propitius esto, parce nobis, infans Jesu.
Propitius esto, exaudi nos , infans Jesu.
A jugo servitutis filiorum Adæ , libera nos.

Miserere nobis.

A captivitate diabolicâ, lib.
A nequitiâ seculi, lib.
A concupiscentiâ carnis , libera.
A superbiâ vitæ, libera.
Ab inordinatâ sciendi cupiditate, libera.
A cæcitate mentis, libera.
A malâ voluntate, libera.
A peccatis nostris, libera.
Per purissimam Conceptionem tuam , libera.
Per humillimam Nativitatem tuam, libera.
Per lacrymas tuas, libera.
Per durissimam Circumcisionem tuam, libera.
Per gloriosissimam manifestationem tuam, libera.
Per devotissimam Præsentationem tuam, libera.
Per innocentissimam conversationem tuam, lib.
Per divinissimam vitam tuam , libera.
Per paupertatem tuam, lib.
Per passiones tuas, libera.
Per peregrinationes et labores tuos , libera.
Agnus Dei, qui tollis peccata mundi, parce nobis, infans Jesu.
Agnus Dei, qui tollis peccata mundi, exaudi nos, infans Jesu.
Agnus Dei, qui tollis peccata mundi, miserere nobis , infans Jesu.
Jesu infans, audi nos.
Jesu infans, exaudi nos.

OREMUS.

Domine Jesu, qui in sublimitate incarnatæ Divinitatis tuæ et humanitatis tuæ divinissimæ usque ad humillimum nativitatis et infantiæ statum pro nobis exinanire dignatus es ; da nobis ut divinam in infantiâ sapientiam, in debilitate potentiam, in exilitate majestatem agnoscentes, te parvulum adoremus in terris, ut te magnum intueamur in cœlis. Qui vivis et regnas cum Deo Patre in unitate, etc.

.ꜩ. Exaudiat nos, Domine, Jesu infans.

ɴ. Nunc et semper. Amen.

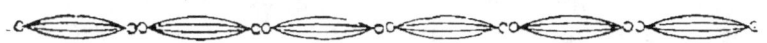

POUR LE DIMANCHE.

Acte d'Amour envers le saint Enfant Jésus.

Très-saint Enfant Jésus, le plus beau et le plus aimable des enfants des hommes, quel serait le cœur assez dur qui pourrait se refuser à tant d'attraits et aux charmes qui entourent votre crèche ! Anges du ciel, et vous hommes qui habitez la terre, venez, venez fondre d'amour aux pieds de Jésus Enfant que l'amour a fait naître. Divin Jésus, brisez les glaces de mon cœur, enflammez-le de ce feu sacré que vous êtes venu apporter sur la terre. Sainte Vierge, apprenez-moi à aimer votre divin Enfant, et faites-moi part de cet ardent amour qui a sans cesse brûlé dans votre cœur et l'a enfin consumé.

POUR LE LUNDI.

Acte de Joie sur la naissance de l'Enfant Jésus.

Très-saint Enfant Jésus, qui par votre naissance avez apporté la paix et la joie dans tous les cœurs, permettez-moi de prendre part à cette joie ; elle est si juste et si abondante que je ne puis la contenir. Jésus est né : venez vous unir à moi, vous, créatures, qui êtes l'ouvrage de mon Dieu, et par des chants d'allégresse et des cantiques de louanges, publions la gloire de Jésus Enfant. Anges de paix, réjouissez-vous avec moi, il nous est né un Sauveur qui vient nous ouvrir les portes du ciel ; bientôt nous serons les compagnons de votre gloire. Que les démons tremblent, que l'enfer frémisse, Jésus est né !

POUR [LE MARDI.

Acte de respect au saint Enfant Jésus.

Très-saint Enfant Jésus, à qui une étable sert de palais et qui pour berceau n'avez qu'une pauvre crèche ; quoique je vous voie sujet à toutes nos misères et obligé à vous nourrir d'un peu de lait, je vous reconnais néanmoins pour mon Dieu ; je confesse que vous êtes mon Roi, le souverain du ciel et de la terre, des Anges et des hommes, et je m'abîme de respect devant votre crèche.

POUR LE MERCREDI.

Acte d'Adoration au saint Enfant Jésus.

Très-saint Enfant Jésus, dont le ciel et la terre annoncent les grandeurs, je vous adore dans cette crèche comme mon Dieu, mon Créateur et mon souverain Seigneur. J'unis mes hommages et mes adorations à celles des Anges ; je me prosterne devant vous avec les Pasteurs, et je vous fais avec les Mages le sacrifice de mon cœur, de mes biens et de ma vie.

POUR LE JEUDI.

Acte d'Offrande au saint Enfant Jésus.

Très-saint Enfant Jésus, qui avez reçu avec tant de bonté les présents que vous firent les Pasteurs et les Mages, permettez-moi de vous faire le mien en vous offrant mon cœur. Recevez-le, je vous en supplie ; je vous le consacre, divin Jésus, avec tous ses désirs et ses affections ; je vous en fais une offrande entière, sans réserve et pour toujours. O mon cœur ! vous n'êtes plus à moi, Jésus Enfant sera seul mon maître, c'est lui seul que vous devez aimer et servir.

POUR LE VENDREDI.

Acte de Remerciment au saint Enfant Jésus.

Très-saint Enfant Jésus, qui, pour me délivrer de la
tyrannie du démon, de l'esclavage du péché et des pei-
nes de l'enfer, avez quitté le trône de votre gloire et
vous êtes abaissé jusqu'à vous faire homme, jusqu'à
vouloir participer à toutes nos misères, quelles actions
de graces pourrai-je vous rendre pour tant de bienfaits ?
Humblement prosterné à vos pieds, recevez, divin
Jésus, les sentiments de ma plus vive reconnaissance.
Je prie votre divine Mère, le glorieux saint Joseph, les
Anges et les Saints, et toutes les créatures, de vous
remercier pour moi, vous bénir, vous louer, vous glo-
rifier et vous aimer tous les instants de ma vie : telle
sera désormais mon unique occupation et le sacrifice
éternel de ma juste reconnaissance.

POUR LE SAMEDI.

Prière à la sainte Vierge.

O Vierge sainte ! très-digne mère du saint Enfant
Jésus, qui avez eu tant de part à l'ineffable Mystère
de la rédemption des hommes, souvenez vous que je
suis un de ceux pour qui Jésus est né, et que vous
êtes devenue ma bonne mère, en mettant au monde
ce divin Fils qui est mon Sauveur, mon salut et mon
Dieu. Daignez, Vierge sainte, me présenter à votre ai-
mable Fils ; faites-lui agréer mes respects, mes hom-
mages et mes adorations, le sacrifice que je lui fais de
tout moi-même, et obtenez-moi la grâce de vivre et de
mourir dans son saint amour.

POUR LE JOUR DE L'AN.

Offrande à Dieu de la nouvelle année.

Dieu éternel, Roi des siècles et des temps, humblement prosterné à vos pieds, je vous offre cette année que je veux commencer en votre honneur; je vous la consacre avec toutes mes pensées, mes paroles et mes actions. Je vous prie de me donner encore ce temps pour faire pénitence. Je renonce et déteste d'avance tous les péchés que je pourrais commettre pendant tout le cours de cette année. Faites, mon Dieu, que je meure plutôt que de vous offenser par quelque péché mortel, et que j'emploie cette année toute entière à votre service, au salut de mon âme, à la pratique des bonnes œuvres, à mon avancement spirituel; faites, enfin, que je l'emploie aussi saintement que je souhaiterais l'avoir fait si elle devait être la dernière de ma vie. Ainsi soit-il.

*Pendant cette Quarantaine, quand l'horloge sonne, après l'*Ave, Maria, *on fera un acte d'Adoration de Jésus Enfant, et on dira ensuite:*

Et Verbum caro factum est, et habitavit in nobis.

TABLE.

Carpentras. — impr. de L. Devillario.

www.ingramcontent.com/pod-product-compliance
Lightning Source LLC
Chambersburg PA
CBHW060817250626
47162CB00005B/1833